燈籠集

徐訏文集

徐訏

新詩卷

導言　徬徨覺醒：徐訏的文學道路

陳智德

「個人的苦悶不安，徬徨無依之感，正如在大海狂濤中的小舟。」[1]

——徐訏〈新個性主義文藝與大眾文藝〉

在二十世紀四、五〇年代之交，度過戰亂，再處身國共內戰意識形態對立夾縫之間的作家，應自覺到一個時代的轉折在等候著，尤其在當時主流的左翼文壇以外，被視為「自由主義作家」或「小資產階級作家」的一群，包括沈從文、蕭乾、梁實秋、張愛玲、徐訏等等，一整代人在政治旋渦以至個人處境的去與留之間徘徊，最終作出各種自願或不由自主的抉擇。

1　徐訏〈新個性主義文藝與大眾文藝〉，收錄於《現代中國文學過眼錄》，臺北：時報文化，一九九一。

一

一九四六年八月，徐訏結束接近兩年間《掃蕩報》駐美特派員的工作，從美國返回中國，直至一九五〇年中離開上海奔赴香港，在這接近四年的歲月中，他雖然沒有寫出像《鬼戀》和《風蕭蕭》這樣轟動一時的作品，卻是他整理和再版個人著作的豐收期，他首先把《風蕭蕭》交給由劉以鬯及其兄長新近創辦起來的懷正文化社出版，據劉以鬯回憶，該書出版後，「相當暢銷，不足一年，（從一九四六年十月一日到一九四七年九月一日），印了三版」[2]，其後再由懷正文化社或夜窗書屋初版或再版了《阿刺伯海的女神》（一九四六年初版）、《烟圈》（一九四六年初版）、《蛇衣集》（一九四八年初版）、《幻覺》（一九四八年初版）、《四十詩綜》（一九四八年初版）、《兄弟》（一九四七年再版）、《母親的肖像》（一九四七年再版）、《生與死》（一九四七年再版）、《春韮集》（一九四七年再版）、《一家》（一九四七年再版）、《海外的鱗爪》（一九四七年再版）、《舊神》（一九四七年再版）、《成人的童話》（一九四七年再版）、《西流集》（一九四七年再版）、潮來的時候（一九四八年再版）、《黃浦江頭的夜月》（一九四八年再版）、《吉布賽的誘惑》（一九四九再版）、《婚事》（一九四九年再版）[3]，粗略統計從一九四六年至一九四九年這三年間，徐訏在上海出版和再版的著作達三十多種，成果

2 劉以鬯〈憶徐訏〉，收錄於《徐訏紀念文集》，香港：香港浸會學院中國語文學會，一九八一。

3 以上各書之初版及再版年份資料是據賈植芳、俞元桂主編《中國現代文學總書目》、北京圖書館編《民國時期總書目，一九一一－一九四九》。

可算豐盛。

《風蕭蕭》早於一九四三年在重慶《掃蕩報》連載時已深受讀者歡迎，一九四六年首次結集成單行本出版，沈寂的回憶提及當時讀者對這書的期待：「這部長篇在內地早已是暢銷一時的名著，可是淪陷區的讀者還是難得一見，也是早已企盼的文學作品」[4]，當劉以鬯及其兄長創辦懷正文化社，就以《風蕭蕭》為首部出版物，十分重視這書，該社創辦時發給同業的信上，即頗為詳細地介紹《風蕭蕭》，作為重點出版物。徐訏有一段時期寄住在懷正文化社的宿舍，與社內職員及其他作家過從甚密，直至一九四八年間，國共內戰愈轉劇烈，幣值急跌，金融陷於崩潰，不單懷正文化社結束業務，其他出版社也無法生存，徐訏這階段整理和再版個人著作的工作，無法避免遭遇現實上的挫折。

然而更內在的打擊是一九四八至四九年間，主流左翼文論對被視為「自由主義作家」或「小資產階級作家」的批判，一九四八年三月，郭沫若在香港出版的《大眾文藝叢刊》第一輯發表〈斥反動文藝〉，把他心目中的「反動作家」分為「紅黃藍白黑」五種逐一批判，點名批評了沈從文、蕭乾和朱光潛。該刊同期另有邵荃麟〈對於當前文藝運動的意見——檢討・批判・和今後的方向〉一文重申對知識份子更嚴厲的要求，包括「思想改造」。雖然徐訏不像沈從文般受到即時的打擊，但也逐漸意識到主流文壇已難以容納他，如沈寂所言：「自後，上海一些左傾的報紙開始對他批評。他無動於衷，直至解放，輿論對他公開指責。稱《風蕭蕭》歌頌特務。他也不辯論，知道自己不可能再在上海逗留，上海也不會再允許他曾從事一輩子的寫作，就捨別妻女，

[4] 沈寂〈百年人生風雨路——記徐訏〉，收錄於《徐訏先生誕辰100週年紀念文選》，上海：上海社會科學院出版社，二〇〇八。

離開上海到香港。」[5]一九四九年五月二十七日，解放軍攻克上海，中共成立新的上海市人民政府，徐訏仍留在上海，差不多一年後，終於不得不結束這階段的工作，在不自願的情況下離開，從此一去不返。

二

一九五〇年的五、六月間，徐訏離開上海來到香港。由於內地政局的變化，其時香港聚集了大批從內地到港的作家，他們最初都以香港為暫居地，但隨著兩岸局勢進一步變化，他們大部份最終定居香港。另一方面，美蘇兩大陣營冷戰局勢下的意識形態對壘，造就五十年代香港文化刊物興盛的局面，內地作家亦得以繼續在香港發表作品。徐訏的寫作以小說和新詩為主，來港後亦寫作了大量雜文和文藝評論，五十年代中期，他以「東方既白」為筆名，在香港《祖國月刊》及臺灣《自由中國》等雜誌發表〈從毛澤東的沁園春說起〉、〈新個性主義文藝與大眾文藝〉、〈在陰黯矛盾中演變的大陸文藝〉等評論文章，部份收錄於《在文藝思想與文化政策中》、《回到個人主義與自由主義》及《現代中國文學過眼錄》等書中。

徐訏在這系列文章中，回顧也提出左翼文論的不足，特別對左翼文論的「黨性」提出質疑，也不同意左翼文論要求知識份子作思想改造。這系列文章在某程度上，可說回應了一九四八、四九年間中國大陸左翼文論的泛政治化觀點，更重要的，是徐訏在多篇文章中，以自由主義文藝的

[5] 沈寂〈百年人生風雨路——記徐訏〉，收錄於《徐訏先生誕辰100週年紀念文選》，上海：上海社會科學院出版社，二〇〇八。

觀念為基礎，提出「新個性主義文藝」作為他所期許的文學理念，他說：「新個性主義文藝必須在文藝絕對自由中提倡，要作家看重自己的工作，對自己的人格尊嚴有覺醒而不願為任何力量做奴隸的意識中生長。」[6]徐訏文藝生命的本質是小說家、詩人，理論鋪陳本不是他強項，然而經歷時代的洗禮，他也竭力整理各種思想，最終仍見頗為完整而具體地，提出獨立的文學理念，尤其把這系列文章放諸冷戰時期左右翼意識形態對立、作家的獨立尊嚴飽受侵蝕的時代，更見徐訏提出的「新個性主義文藝」所倡導的獨立、自主和覺醒的可貴，以及其得來不易。

《現代中國文學過眼錄》一書除了選錄五十年代中期發表的文藝評論，包括《在文藝思想與文化政策中》和《回到個人主義與自由主義》二書中的文章，也收錄一輯相信是他七十年代寫成的回顧五四運動以來新文學發展的文章，集中在思想方面提出討論，題為「現代中國文學的課題」，多篇文章的論述重心，正如王宏志所論，是「否定政治對文學的干預」[7]，而當中表面上是「非政治」的文學史論述，「實質上具備了非常重大的政治意義：它們否定了大陸的文學史論述」[8]，徐訏所針對的是五十年代至文革期間中國大陸所出版的文學史當中的泛政治論述，動輒以「反動」、「唯心」、「毒草」、「逆流」等字眼來形容不符合政治要求的作家；所以王宏志最後提出《現代中國文學過眼錄》一書的「非政治論述」，實際上「包括了多麼強烈的政治含義」。這政治含義，其實也就是徐訏對時代主潮的回應，以「新個性主義文藝」所倡導的獨立、

6 徐訏〈新個性主義文藝與大眾文藝〉，收錄於《現代中國文學過眼錄》，臺北：時報文化，一九九一。

7 王宏志〈心造的幻影——談徐訏的《現代中國文學的課題》〉，收錄於《歷史的偶然：從香港看中國現代文學史》，香港：牛津大學出版社，一九九七。

8 同前註。

自主和覺醒，抗衡時代主潮對作家的矮化和宰制。

《現代中國文學過眼錄》一書顯出徐訏獨立的知識份子品格，然而正由於徐訏對政治和文藝的清醒，使他不願附和於任何潮流和風尚，難免於孤寂苦悶，亦使我們從另一角度了解徐訏文學作品中常常流露的落寞之情，並不僅是一種文人性質的愁思，而更由於他的清醒和拒絕附和。一九五七年，徐訏在香港《祖國月刊》發表〈自由主義與文藝的自由〉一文，除了文藝評論上的觀點，文中亦表達了一點個人感受：「個人的苦悶不安，徬徨無依之感，正如在大海狂濤中的小舟。」[9]放諸五十年代的文化環境而觀，這不單是一種「個人的苦悶」，更是五十年代一輩南來香港者的集體處境，一種時代的苦悶。

三

徐訏到香港後繼續創作，從五十至七十年代末，他在香港的《星島日報》、《星島週報》、《祖國月刊》、《今日世界》、《文藝新潮》、《熱風》、《筆端》、《七藝》、《新生晚報》、《明報月刊》等刊物發表大量作品，包括新詩、小說、散文隨筆和評論，並先後結集為單行本，著者如《江湖行》、《盲戀》、《時與光》、《悲慘的世紀》等。香港時期的徐訏也有多部小說改編為電影，包括《風蕭蕭》（屠光啟導演、編劇，香港：邵氏公司，一九五四）、《傳統》（唐煌導演、徐訏編劇，香港：亞洲影業有限公司，一九五五）、《痴心井》（唐煌導演、

9 徐訏〈自由主義與文藝的自由〉，收錄於《個人的覺醒與民主自由》，臺北：傳記文學出版社，一九七九。

王植波編劇，香港：邵氏公司，一九五五）、《鬼戀》（屠光啟導演、編劇，香港：麗都影片公司，一九五六）、《盲戀》（易文導演、徐訏編劇，香港：新華影業公司，一九五六）、《後門》（李翰祥導演、王月汀編劇，香港：邵氏公司，一九六〇）、《江湖行》（張曾澤導演、倪匡編劇，香港：邵氏公司，一九七三）、《人約黃昏》（改編自《鬼戀》，陳逸飛導演、王仲儒編劇，香港：思遠影業公司，一九九六）等。

徐訏早期作品富浪漫傳奇色彩，善於刻劃人物心理，如〈鬼戀〉、〈吉布賽的誘惑〉、〈精神病患者的悲歌〉等，五十年代以後的香港時期作品，部份延續上海時期風格，如《江湖行》、《後門》、《盲戀》，貫徹他早年的風格，另一部份作品則表達歷經離散的南來者的鄉愁和文化差異，如小說《過客》、詩集《時間的去處》和《原野的呼聲》等。

從徐訏香港時期的作品不難讀出，徐訏的苦悶除了性格上的孤高，更在於內地文化特質的堅守，拒絕被「香港化」。在《鳥語》、《過客》和《癡心井》等小說的南來者角色眼中，香港不單是一塊異質的土地，也是一片理想的墓場、一切失意的觸媒。一九五〇年的《鳥語》以「失語」道出一個流落香港的上海文化人的「雙重失落」，而在《癡心井》的終末則提出香港作為上海的重像，形似卻已毫無意義。徐訏拒絕被「香港化」的心志更具體見於一九五八年的《過客》，自我關閉的王逸心以選擇性的「失語」保存他的上海性，一種不見容於當世的孤高，既使他與現實格格不入，卻是他保存自我不失的唯一途徑。[10]

徐訏寫於一九五三年的〈原野的理想〉一詩，寫青年時代對理想的追尋，以及五十年代從上

10 參陳智德《解體我城：香港文學1950-2005》，香港：花千樹出版有限公司，二〇〇九。

海「流落」到香港後的理想幻滅之感：

多年來我各處漂泊，
唯願把血汗化為愛情，
遍灑在貧瘠的大地，
孕育出燦爛的生命。

但如今我流落在污穢的鬧市，
陽光裡飛揚著灰塵，
垃圾混合著純潔的泥土，
花不再鮮豔，草不再青。

海水裡漂浮著死屍，
山谷中蕩漾著酒肉的臭腥，
潺潺的溪流都是怨艾，
多少的鳥語也不帶歡欣。

茶座上是庸俗的笑語，

市上傳聞著漲落的黃金，
戲院裡都是低級的影片，
街頭擁擠著廉價的愛情。

此地已無原野的理想，
醉城裡我為何獨醒，
三更後萬家的燈火已滅，
何人在留意月兒的光明。

「原野的理想」代表過去在內地的文化價值，在作者如今流落的「污穢的鬧市」中完全落空，面對的不單是現實上的困局，更是觀念上的困局。這首詩不單純是一種個人抒情，更哀悼一代人的理想失落，筆調沉重。〈原野的理想〉一詩寫於一九五三年，其時徐訏從上海到香港三年，由於上海和香港的文化差距，使他無法適應，但正如同時代大量從內地到香港的人一樣，他從暫居而最終定居香港，終生未再踏足家鄉。

四

司馬長風在《中國新文學史》中指徐訏的詩「與新月派極為接近」，並以此而得到司馬長風的正面評價，[11]徐訏早年的詩歌，包括結集為《四十詩綜》的五部詩集，形式大多是四句一節，隔句押韻，一九五八年出版的《時間的去處》，收錄他移居香港後的詩作，形式上變化不大，仍然大多是四句一節，隔句押韻，大概延續新月派的格律化形式，使徐訏能與消逝的歲月多一分聯繫，該形式與他所懷念的故鄉，同樣作為記憶的一部份，而不忍割捨。

在形式以外，《時間的去處》更可觀的，是詩集中〈原野的理想〉、〈記憶裡的過去〉、〈時間的去處〉等詩流露對香港的厭倦、對理想的幻滅、對時局的憤怒，很能代表五十年代一輩南來者的心境，當中的關鍵在於徐訏寫出時空錯置的矛盾。對現實疏離，形同放棄，皆因被投放於錯誤的時空，卻造就出《時間的去處》這樣近乎形而上地談論著厭倦和幻滅的詩集。

六七十年代以後，徐訏的詩歌形式部份仍舊，卻有更多轉用自由詩的形式，不再四句一節，隔句押韻，這是否表示他從懷鄉的情結走出？相比他早年作品，徐訏六七十年代以後的詩作更精細地表現哲思，如《原野的理想》中的〈久坐〉、〈等待〉和〈觀望中的迷失〉、〈變幻中的蛻變〉等詩，嘗試思考超越的課題，亦由此引向詩歌本身所造就的超越。另一種哲思，則思考社會和時局的幻變，《原野的理想》中的〈小島〉、〈擁擠著的群像〉以及一九七九年以「任子楚」

[11] 司馬長風《中國新文學史（下卷）》，香港：昭明出版社，一九七八。

為筆名發表的〈無題的問句〉，時而抽離、時而質問，以至向自我的內在挖掘，尋求回應外在世界的方向，尋求時代的真象，因清醒而絕望，卻不放棄掙扎，最終引向的也是詩歌本身所造就的超越。

最後，我想再次引用徐訏在《現代中國文學過眼錄》中的一段：「新個性主義文藝必須在文藝絕對自由中提倡，要作家看重自己的工作，對自己的人格尊嚴有覺醒而不願為任何力量做奴隸的意識中生長。」[12]時代的轉折教徐訏身不由己地流離，歷經苦思、掙扎和持續的創作，最終以倡導獨立自主和覺醒的呼聲，回應也抗衡時代主潮對作家的矮化和宰制，可說從時代的轉折中尋回自主的位置，其所達致的超越，與〈變幻中的蛻變〉、〈小島〉、〈無題的問句〉等詩歌的高度同等。

＊陳智德：筆名陳滅，一九六九年香港出生，臺灣東海大學中文系畢業，香港嶺南大學哲學碩士及博士，現任香港教育學院文學及文化學系助理教授，著有《解體我城：香港文學1950-2005》、《地文誌——追憶香港地方與文學》、《抗世詩話》以及詩集《市場，去死吧》、《低保真》等。

[12] 徐訏〈新個性主義文藝與大眾文藝〉，收錄於《現代中國文學過眼錄》，臺北：時報文化，一九九一。

目次

導言　徬徨覺醒：徐訏的文學道路／陳智德　I
上山　001
叫化　003
山居　005
寂寞　007
少女像　009
旅中夜醒　011
吐絲　013
旅程　015

低夢 017
燈籠 019
你的世界 021
月影 023
洞中 025
淡淡的燈火 027
夜誓 029
盆景 031
第一個秋夜 033
旅景 035
唱 037
怪夢 039
黃昏 041
雨中漫感 043
原野上 045
偷禱 047

戒煙辭 049
關心 051
賣火篇 053
畫像 058
客居 060
入夢 062
憔悴 064
寒梅 066
風景 068
早醒 070
人影 072
旅情 074
你 077
點化 079
禱 081
信 083

深居 085
密語 087
青煙 089
友人小像 091
遺笑 093
故鄉 095
期待 097
意外的音訊 099
歸途 101
蹉跎 103
安詳 105
自己 107
大笑 112
天國音訊 114
等候 116
留情 118

永久的謊話 120
鐵樹 122
哀訴 124
未歸 126
追悔 129
偶像 131
恆久的懊悔 133
街遊 135
睡 137
否則 139
誇口 141
這一角街頭 142
間隔 144
借 146
天堂地獄間 148
送別 150

忘記 152
願 154
慰 156
癡情 158
古怪的故事 160
囈願 162
住處 164
心燈 166
講 168
寄 170
愛 172
歌 174
鄉愁 176
野感 178
記憶中的微喟 180
懷念 182

慘淡的日子 184
想念 186
西南的風光 188
吻之歌 190
笑之歌 196
淚之歌 200
給 203
飄蕩 205
誤入 207
過河 209
來 211
渾圓的宇宙 213
醒來 215
賣 217
床上漫感 219
致死者 221

獨宿 223
殘酒 225
輕信 227
聲音 229
懷鄉 231
沉重 233
最愛的 235
十隻狗 236
斑痕 238
哀怨的舊情 240
修行 242
棄曲 244
諦聽 246
幻想 248
睡之歌 250
園中 266

對話 268
毀謗 271
笑 273
教 275
那時 277
讚美 279
天機 281
生命的容量 283
挽留 285
雲山雲海 287
題 289
家 291
天意 293
問題 295
迎 297
懷 299

憶語 301
採藥篇 303
閱讀 308
睡前 310

上山

上山非為採藥，
也非到洞中求仙，
只為一時高興，
竟想飛到山巔。

但我懶遊名勝，
只是臥觀天空，
聽憑行雲飛霞，
穿遊我口鼻耳孔。

因此我俗憂塵慮
都被雲霞沖去，

它還洗去我思想與愛，
記憶中知識，詩句。

所以我從山上回來，
變成了分外癡傻，
我已忘去了人事，
也無能再懂人話。

我雖還有情感與夢，
但此後無人再知，
鄰人說我巳瘋，
親友說我已癡。

只是我母親希奇，
她疑心我已吞藥成仙
說多少談話行動，
都像雲遊山巔。

一九四二，六，四。南嶽。

叫化

馬路上都是人，
人都是專家，
沿路豎著招牌，
到處叫囂喧嘩。

招牌上是字，
有字的地方都是詩，
還有污穢的顏色，
說都是名畫。

於是狗的狂吠，
耗子的嘰喳，

群蠅的嗡嗡，
說都是新型的文化。

我開始感到飢渴，
在無人的荒野中叫化，
此處有一顆帶癡的良心，
願換取半隻可口的西瓜。

一九四二，六，二一。桂林。

山居

頭上白雲崢嶸，
腳下山路崎嶇，
我登峰頂訪你，
原想勸你歸去。

但你寂然默坐，
對我不言不語，
在你牆上桌上，
也不見留有詩句。

黃昏鴟鴞夜歸，
聲聲念著咒語，

於是你勸我下山，
說夜來將有大雨。

那麼是你連年山居，
就此學會了鳥語，
於是我也不再歸去，
靜候夜來大雨。

一九四二，六，二四。桂林。

寂寞

在迢迢的旅途中，
我早被顛得疲累，
那麼何怪在煩囂的城市，
我會病得分外憔悴。

莫說炎熱的天氣，
所有的花兒都枯萎，
何以燦爛的果樹，
也未見有果實纍纍。

此時誰關心征人未歸？
誰關心壕中戰士未睡？

難道只有昏黯的燈光，
伴我的感情為他們流淚？

我寂寞，我願我院裡，
今夜有愛戀人世的新鬼，
他會用舌尖將我紙窗舔破，
將我悽涼的心兒啼得粉碎。

一九四二，七，一。桂林。

少女像

今夜你鬆亂的頭髮，
竟象徵了江南的想像，
在雲端，伴著星光，
散布了萬種的惆悵。

還有你燈光下的眼睛，
昨夜似曾幻化過水底的月亮，
在今宵的三更時分，
將從你眉瓣中播送夜香。

我希望你睡眠時的笑容，
莫騙取魔鬼的舊帳，

我怕它會記在一個青年的心上，
叫他為相思永遠悽涼。

但我不信你端直的鼻子，
已指定了你生命的光亮，
我怕你轆軻的牙齒，
將決定你命運中的惆悵。

一九四二，七，二九。桂林七星岩。

旅中夜醒

誰在這悄悄的三更夜，
把我從淚夢中驚醒？
可是在這荒漠的旅途中，
會有種鳥兒特別多情？

還是纏綿的松風，
歌頌那月色的悽清？
或者是附近的溪流，
駛來了古人的低吟？

此處既無往昔的流螢，
帶我進兒時的夢境，

那麼該是我舊識的星光，
輕敲我寂寞的窗櫺？

但這時只有壁縫中的燈光，
在夜來分外光明，
那麼莫非流離中的少女，
也在旅店中細味鄉心。

原來是旅途的寂寞，
叫她漫弄店頭斷弦的胡琴，
試拉記憶中的小曲，
抒訴她哀怨的旅情。

一九四二，八，一〇。陽朔。

吐絲

我從地獄裡出來，
本想偷溜到天堂，
後來在人間流落，
——聽東面唱歌，
——聽西面唱歌。

我開始想學，
但我不是鸚鵡，
沒有它聰敏，
會把人類的話語
反覆嘀嘟。

於是我提高嗓子瞎唱，
唱晨曦爬進夜窗，
唱月圓月缺，
唱螢火蟲冒充星光。

但如今我變成啞子，
想再唱已不成事，
我只是一隻沉默的蜘蛛，
——趕到東頭吐絲，
——趕到西頭吐絲。

一九四二，七，一一。桂林。

旅程

流水抱著樹林，
白雲吻著山巔，
於是如帶的公路，
盤旋到天邊。

這裡每一聲汽車的長號，
都帶了一把旅心，
此中有多少愛與夢，
寄托在遙遠的明星。

長記得千萬里塵土起處，
掠過了無數飛騎，

有多少吞天的壯志，
都播種在草原中間。

那何怪萬千的老幼男女，
都願在汗臭的車上裝成鹹魚，
只因祖國有悲壯的呼聲，
他們才不怕勞瘁地遠去。

一九四二，八，一〇。陽朔。

低夢

誰收買了山邊的黃昏，
把蛾眉月抛在天空，
於是迷茫的山野，
透露了我的殘夢。

過去童年的顏色，
都流落在春天的花叢，
如今悠悠的天邊，
唯山色還有幾分青蔥。

在那灰白的原野路上，
滑過了我多少青春的蹄痕，

如今唯我迢迢的睡眠裡，
允許我細味那低低的夢。

一九四二，八，一一。陽朔。

燈籠

樹梢風聲如吟，
使我再無睡意，
於是我手提燈籠，
走到碧蓮峰底。

我看見萬種星星，
點點都是纏綿，
還有月光如蜜，
竟把山色塗遍。

後來白雲飛來，
星星化為雨點，

它把山椒月色，
輕灑灰白河面。

怪你夜來貪睡，
辜負了風情雨意，
但我因有燈籠在手，
竟把它當作了你。

一九四二，八，一一。陽朔。

你的世界

你說樹林裡小鳥怕驚醒，
不許我走樹蔭下的小路，
還有青草上露珠要凋落，
也不許我在草徑上散步。

那麼趁今夜月色如酒，
可否讓我的小舟漂在湖心？
你說這湖面上都是山影，
還有湖心中睡滿了星星。

那麼就讓我在山腳下，
聽夜鳥曼聲嘀嘟，

或者在那寂寞的亭中，
看白雲在銀河裡擺渡。

但是你說那都是你的世界，
你播種著許多神祕的詩情，
那麼難道在這悠悠的長夜，
注定我爬越那險峻的夢境？

一九四二，八，一二。陽朔。

月影

我在靜悄悄的河上，
身邊沒有一盞燈火，
寂寞的岸邊都是青草，
船在螢光星影裡蹉跎。

等霧把草原點化成水，
我終於把路徑走錯，
所以在那潺潺的灘頭，
我會把如鏡的月影弄破。

我雖不信天上的月宮
有長睡的嫦娥，

但水底的月影裡，
總有鰜鰈在那裡做窠。
夏去秋來的天時奈何，
耿耿長夜裡最怕夢多，
於是我期待月影裡的鰜鰈，
贈我一曲引路的夜歌。

一九四二，八，一二。陽朔。

洞中

過去雲封山窟，
有人修煉成仙，
怪他駕雲飛去，
此後無人升天。

那麼你為何終日倦倦，
總在洞中留戀？
難道等夜嵐如霧，
你要跟蝙蝠學仙？

多少落霞炊煙，
都在山邊爭飛，

還有奇花異禽，
你難道沒有看見？

山外公路河流，
哪條不盤旋迴繞上天？
難道這都不是你的前途，
偏要在這洞中留戀！

一九四二，八，一四。陽朔桂林途中。

淡淡的燈火

白天太陽如燈，
你要在房中靜坐，
夜裡月色如畫，
你偏說天暗難走。

多少美境消失，
都因你的懶惰，
那麼你凌雲壯志，
也已在病中消磨？

雲邊青峰無數，
你一處未曾遊過，

到底青春有限，
你為何這樣蹉跎？

莫怪人說你瘋，
莫怪人說你著魔，
原來在閃爍的太陽下，
你獨愛你淡淡的燈火。

一九四二，八，一四。陽朔桂林途中。

夜誓

今宵船泊野渡，
諦聽擾人瀑布，
我本抱病在身，
因此更加叫苦。

岸上野竹如獅，
雲邊青峰如虎，
四周無限山色，
融成一片煙霧。

抬頭竟是故鄉，
嵌滿星星無數，

在那玉衡下面，
有多少溪水如訴。
記取溪邊白石，
有我夜誓如故，
他隨流水長逝，
化作了哀怨瀑布。

一九四二，八，二三。桂林。

盆景

白雲圍著青峰，
煙霧繞著竹林，
四周清水山岩，
長天碧藍無垠。

怪我旅心恍惚，
怪我今宵有病，
誤把夜來山色，
看成桌上盆景。

此景有人贈我，
消我斗室悽清，

多少次我都
把它想成了真景。

苦茶熱氣如霧，
紙煙纏湮如雲，
在那窗下桌上，
渡著月光燈影。

如今山色蕭然，
無人知我有病，
把它看成盆景，
記取周圍溫情。

一九四二，八，二五。桂林。

第一個秋夜

該是風把樹葉
翻成了萬種姿態，
今夜多年的宿鳥，
也都無法歸來。

遙遠的月兒下面，
我記得有寂寞的海，
海邊際掛著雲彩，
深藏著悠悠的悲哀。

多少人來了去，
多少人去了來，

只有我迢迢的心，
竟未離過寂寞的海。

唱芳草盛綠，
嘆芳草枯衰，
今夜如霜的月光，
把蟲吟照得分外悲哀。

它好像對我抖索地喊：
「莫守著第一個秋夜，
莫守著第一個秋夜，
月光已把世界溶成了海。」

一九四二，八，二七，五更。桂林。

旅景

昨夜月光如水，
二更枕被已涼，
三更四更醒來，
夢多總怪夜長。

客地偏多鄉歌，
良宵夜夜蹉跎，
家書倍增鄉思，
秋來哀愁更厚。

窗外江南少女，
多少袖短袖長，

兩兩三三閑談，
秋衣多陷故鄉。

還有粵東天足，
如今不堪再裸，
街頭可有新貨，
今年襪價幾何？

樹梢綠葉已黃，
那堪金色斜陽，
最怕夜來有風，
葉落滿院悽涼。

天外兒女情多，
都因鐵蹄烽火，
羨慕他人家書，
爭問故鄉如何？

一九四二，八，三〇。桂林。

唱

誰說前面有城鎮，
可以允許我歌唱？
我要唱良善的人們餓死，
唱老去的天才瘋狂。

踏進了荒蕪城頭，
我只見鬼火冒充陽光，
蚊子在死屍上高歌，
青蠅在糞堆裡鼓掌。

於是我寂寞，我要問
哪裡有一份聰慧與一份希望？

哪裡有一兩句寥落的詩句，
在這美麗的夜裡流浪？

你說在廣大的原野，
那面鋪滿了星光與月光，
還有那無垠的海洋，
掀動著萬頃的波浪。

但我在笙簫鼓笛聲中，
聽你仍在市場上賣唱，
唱良善的人們餓死，
唱老去的天才瘋狂。

一九四二，八，三一。桂林。

怪夢

江邊太陽新落，
山頭夜月已紅；
地平線上的海，
今天分外沉重。

山峰後面山峰，
白雲尖端長虹，
寂寞的大地，
長久都朦朧。

要是無邊的海裡，
永無傳說的蛟龍，

那麼我希望今宵有彗星，
劃破這低悶的長空。

我不信寂寞的夜裡，
有人咒詛我發瘋，
但昨夜可真有帶咒的秋風，
刮給我許多瘋狂的怪夢。

一九四二，九，一，五更。桂林。

黃昏

那潺潺的溪流，
永遠是這個聲響，
還有低迷的天空，
總嵌著古老的月亮。

千遍一律的故事，
從無新的花樣，
長耽在葡萄架下，
誰說總會有酒香？

今天山腳下的煙霧，
浮蕩著我的想像，

它上升到淡淡的虹角，
問炎夏還有多少惆悵？

願這沉重的黃昏，
隨新雨化作秋涼，
那麼銀色的天空，
當有較溫柔的太陽。

一九四二，九，六，上午。桂林。

雨中漫感

怪路途泥濘，
我無處依歸；
是多少離人的淚，
化作了這份雨水？

前人夢成蝴蝶，
未曾在泥土上試飛，
問雙翅能載幾兩塵土，
可免得在泥中顯憔悴？

無虹，無月，無星，
也尋不出淡酒一杯，

可讓我在疲乏之中，
謀一時的沉醉！

不要說我只有
一顆心同兩條腿，
就是我有萬條腿千顆心，
也何能逃得了腿斷心碎？

一九四二，九，二〇。重慶。

原野上

我聽過雞聲喔喔，
我聽過蛙聲閣閣，
我還聽過蟋蟀，
整個的秋夜訴她煢獨。

唯有地下的故人，
如今學會了沉默，
在荒涼的地土裡，
不說一聲寂寞。

造物將平靜
交給高低的山谷，

而在平匀的海面，
注定了永遠的起伏。

那麼我何必注意花開，
何必注意葉落，
我該注意生時的心靈，
在死時燒毀了軀殼。

與其在顫動的閣樓下，
夜夜聽野狐夜哭，
何如在蒼蒼的原野上，
靜看星星隕落？

一九四二，九，二五，夜。重慶旅居。

偷禱

我看過多少人死，
我看過多少人老，
在這短促的人生中，
你難道永無煩惱？

在囂囂的鬧市中，
我整天聽人哭，
難道幽幽的墓頭，
我還怕可憐的鬼嚎？

多少古怪的山峰，
隱藏著無底的山谷，

誰說只要有陽光，
總是對世界普照？

你雖有權禁止烏鴉
在人間嘮叨，
但夜風裡的鴟鴞，
有多少偷偷地在祈禱？

一九四二，九，二五，夜。重慶旅舍中。

戒煙辭

你幻過絲，幻過蛇，
幻過窈窕的女子，
變成雲，變成霧，
叫我躺在你懷裡做事。

於是你代替我夢，
代替我愛，代替我詩，
叫我望著你伴我
寂寞的生命飛逝。

我在你唇邊呼吸，
消磨我遐想沉思，

還消磨我寥落的良夜，
與苦悶厭煩的天時。

但現在我要離開你，
像春蠶離開絲，
把你作為衣上灰腳上泥，
笑你在別人口中多事。

從此我就能自由地呼吸，
在新鮮的空氣中尋思，
我於是會創造夢，創造愛，
也會創造無煙火氣的新詩。

一九四二，九，二八。重慶。

關心

你把頭髮熨成雲，
把嘴唇塗成血，
還把憂鬱的眉毛，
拔成像柳葉。

於是你淺顰甜笑，
作微微的嘆息，
有時輕輕的低喟，
還表現斷斷續續的啜泣。

這樣你打動了人，
人人說你漂亮甜蜜，

大家預備了豐富的宴會，
請你賞光列席。

那時我也在座，
但都說我鼓掌不熱烈，
還怪我頭髮太亂，
怪我襯衫上沒有領結。

可是你獨關心我傻，
勸我笑不要太真切，
勸我哭不要太響，
還勸我不要深深的嘆息。

一九四二，九，三〇。重慶。

賣火篇

我從江南進來，
帶來了一心淨火，
你說我還是書生氣，
這裡要的是冰萬籮。

店中好銷的是冰淇淋，
其次也是冰水果；
有人叫賣熱湯團，
大家都說無胃口。

去年六月二十一，
你穿著皮袍子過河，
我說你穿得太熱，
你說你要出鋒頭。

今年已是十月末，
你怪我心中帶火，
你說這也許是你熱心，
但別人看了不好過。

此後你帶我東走西走，
過山越嶺又渡河，
我說我真是太累，
你偏說我太懶惰。

但大路不走走小路，
在轉彎角落裡蹉跎，
這究竟是我太糊塗，
還是你自己弄錯？

後面新鬼舊鬼，
前面大河小河，

還有隔山頭是圓月，
月宮裡躲著嫦娥。

我說一分價錢一分貨，
你說有錢可使鬼推磨，
買進賣出都是你，
但是你終未買到嫦娥。

路上警報雖常，
但是山洞多如蜂窠。
人在洞中談情，
我在洞中賣火。

於是春天裡夢多，
夏天裡汗多，
秋天裡多嘆息，
冬天裡又多憂愁。

你說我糊塗也好，
說我落伍也可，
但是你還是拉我跑，
說我無謂的感慨太多。

誰知過了大年初一，
到處霧濃霜厚，
你深夜出去舞劍，
叫我獨守著被窠。

在那漆黑夜裡，
月亮天天掛錯，
它不掛在山前，
偏偏掛在山後。

窗外是梅花竹葉，
竟無你舞影婆娑，

於是我到處尋你，
打破了十面大鑼。

我起初淚如雨，
後來我心已破，
有人說你變成霜，
但我信你化為火。

世事變幻莫測，
誰知人壽幾何？
現在我流落街頭，
到處還在賣火。

一九四二，一〇，三。重慶。

畫像

我悟到禁果在你面頰上
陪襯你正直的鼻梁，
使我回憶遙遠的過去，
有許多無謂的惆悵。

在繁星的秋夜，
誰代替了虛偽的月亮，
是你無邪的眼光，
充滿了人生的想像。

從此我討厭人說，
你心底蘊蓄著新蜜舊釀，

因為在你沉默的唇中，
我了解有冷豔的花香。

誰說是眉心的驕矜，
把你點化成超脫的神像，
那柔髮編成的小辮，
還象徵你煩惱的花樣。

一九四二，九，三〇。重慶。

客居

天上月光黯淡，
隔岸燈火朦朧，
只因主人好客，
我宿在山坡村中。

遠處是疲懶的狗叫，
近處是悽切的秋蟲，
還有窗外的汽車，
早晨有聲音千萬種。

我雖愛好這些，
但怕江上清風，

多少舟車奔波，
都怪我載愁太重。

夢到揚子江畔，
莫提長圓燈籠，
你我兩鬢雖斑，
難忘滑竿上的舊夢。

一九四二，九，三十。重慶南岸。

入夢

原來是你的頭髮，
昨夜先入我夢，
叫我在崎嶇的山谷，
迷失了我的行蹤。

我似該飛出這世界
到無邊的天空，
但你帶魔的蛾眉，
正幻成五彩的長虹。

還有那夜來三更月，
又是你睡眼的矇矓，

多少甜苦的淚珠，
化繁星點綴了蒼穹。

於是我只好飛向太陽，
你說那裡正是你的心胸，
那麼太陽系外的星雲，
難道又是你的笑容？

你說你鼻子是神箭，
嘴唇是神弓，
在這宇宙裡監視我，
永遠守著這夢。

一九四二，一〇，八。晨醒於重慶南岸。

憔悴

不過三日未回，
何以這樣憔悴？
莫非三天忘食，
還是三夜未睡？

我有舊交無數，
天天約我宴會，
還有新知愛我，
夜夜勸我早睡。

那麼是你夜來疏忽，
未防秋風緊吹？

但我常記老母叮嚀，
夜夜緊擁棉被。

這樣該是鄉思過濃，
關山夢魂太累？
但我遠客異地，
唯此是我安慰。

想是我感慨太多，
沒有訴說機會，
因此無窮哀怨，
壓得我心靈已碎。

昨夜秋雨瀟瀟，
我在渡頭流淚，
難道就是為此，
被你看成憔悴？

一九四二，〇，八。重慶。

寒梅

我因長年潦倒，
去冬未採寒梅，
如今春夏已過，
何處尚留芳菲？

年來東西飄泊，
疏忽了柳絮狂飛，
如今在市場流落，
更未關心花兒枯萎。

莫說灰色的天際，
五彩的雲霞都碎，

就是原野的陽光，
也難掩我舊情若水。

等到秋風起時，
哪裡還有安慰？
那麼今年冬季，
莫忘採取寒梅。

一九四二，雙十節前夜。重慶南岸。

風景

你說路上風景好，
我說夜夜如此，
你我青春有限，
難道永遠這樣的消逝？

莫說怠倦的野渡，
終歲這樣的航駛；
就是滾滾的江水，
也千遍一律的飛逝。

我已認識了山邊的瓣瓣風片，
還認識了途中的根根雨絲，

那麼何怪我厭倦了
這裡的萬種天時。

所以在此冷落的路角，
我要殘忍地把你殺死，
那麼明天的平凡風景裡，
至少還有個可愛的死屍。

一九四二，雙十節前夜。重慶南岸。

早醒

昨夜四更熄燈，
你還留戀殘星，
今天秋涼氣爽，
何以這樣早醒？

可是昨宵夢中，
沒有把我看清，
所以趕早醒來，
等候天邊黎明。

但是在你醒時，
再無我的人影。

那時晨曦映窗，
覓得數聲黃鶯。

莫將黃鶯作我，
連聲叫你小名，
我還在你夢中，
問你因何早醒？

一九四二，一〇，一一，下午。重慶。

人影

沒有一個人影，
也未見一只犬雞，
在這陰雨的黑夜，
我走到黝黑的山底。

想是前面有茅屋，
我驟見到了燈光。
那時我正期望有星兒，
但它比星兒還溫暖明朗。

於是我聽到孩子啼聲，
又聽到母親的歌唱：

「孩子，乖乖地睡，不用怕了，
這裡的鬼子已經掃光。」

我開始有無限的驚奇，
世界原來是這樣的美麗，
人類裡蘊蓄著這許多愛，
而宇宙裡藏著無窮的真理。

一九四二，一〇，一一，下午。重慶。

旅情

有多少可憐的諂媚
與帶妒的奚落，
驅我在虛偽的笑聲中，
逃避那人間的冷酷。

因此多年來，
無人知道我寂寞，
無人知道我靈魂
在古舊的星光中淪落。

我拍賣了愛，
拍賣了行李與衣服，

還拍賣了我心靈深處
一絲甜同一絲苦澀。

我一隻手在人間叫化，
一隻手同朋友緊握，
但我竟無第三隻手，
在我靈魂的傷處撫摸。

我再不貪戀同情了解，
那我還貪戀什麼？
但偌大的土地，
竟無處可訓練我孤獨。

我記得江南的小閣樓，
躺著我零亂的書桌，
那裡有多少笑與淚，
想總有月光在摸索。

但今夜瀟瀟的雨水，
已溼遍了街頭巷角，
而遙遠的天邊，
竟長年有廣大的沙漠。

一九四二，一〇，一一。重慶。

你

最後有人說那就是你，
我開始有萬種驚異，
原來你眉梢眼角的美，
就是我信仰中的神祕。

究竟誰把閃耀的夢，
種植在你的心底，
叫你甜美的唇角，
永掛著笑容低迷。

我有顆平凡的心，
從未有過意義，

但今天你眼睛的光芒，
把它點化成神奇。

原諒我的糊塗，
我竟忘了我曾經見你，
在小溪流水夜裡，
你是星影我是泥。

但昨夜是否是夢，
我通宵在這裡懷疑，
可是今晨天際的光亮，
使我悟到有光的地方都有你。

一九四二，一〇，一三。重慶。

點化

有人曾經把水變酒，
有人曾經點石成金，
如今我沉重的靈魂，
被你點成輕靈。

在我荒蕪的心胸，
你出現得像一顆新星，
它透照宇宙的陰暗，
創造出燦爛的生命。

最奇是我別後的耳根，
竟長懸著你的聲音，

時時拂我智慧上的塵土，
提煉我原有的聰敏。

如今我悟到寥落的春夢，
才是我過去的生命，
是你閃耀的光芒，
使我在青天下清醒。

一九四二，一〇，一四。重慶。

禱

我靜靜地祈禱，
難道就是犯罪，
使這整個的情境，
變成這樣灰黯？

該是我寂寞的心頭，
深鎖著寥落的傷悲，
使所有的美景，
都失去了光輝。

過去我有愛與夢，
在我期待裡憔悴；

如今在慘淡的秋夜，
何怪我都是懺悔。

但一段青春一段夢，
哪一段不以你為依歸？
那麼請恕我晨夜祈禱，
莫讓我相思變灰。

一九四二，一〇，一四，夜。重慶。

信

秋來細雨未停，
地上水滑泥濘。
我一切都已消耗，
只剩了一段旅心。

路頭轎馬吆喝，
路尾汽車馳騁。
這些我都未聞，
只聽見路人呻吟。

多少紅霞化成霧，
夜來星月散成雲，

中秋重陽雨中過，
到底何日可放晴？

我在街頭躑躅，
未見一顆星影，
唯窗口燈光明處，
有少女埋頭寫信。

四周灰黯如夢，
唯有彼處光明，
那麼難道她要寄我
故鄉的山色水音？

一九四二，一〇，一八，晨。重慶。

深居

鋼琴沉默已久，
塵土層層緊封，
還有窗簾長垂，
燈火永遠朦朧。

人說主人病酒，
人說主人患瘋，
還有說主人深居，
只因憂愁太重。

園林早已凋落，
滿地落葉繽紛，

誰說炎夏過長，
主人期待秋風？
其實因主人多情，
秋來天天作夢，
所以四更三更醒來，
總怪咖啡欠濃。

一九四二，一〇，一八。重慶

密語

我說：「深秋為何不關窗？」
你說：「我夜夜要期待星光。」
「那麼難道讓秋風任意來往？」
我說：「我天天等待那顆星。」
你說：「你總是到處多情。」
「那麼難道要她等我到天明？」
你說：「那我要送你難忘的笑容。」
我說：「我會把它留在夢中。」
「那麼你睡眼將永遠惺忪！」

你說：「你窗外有善歌的夜鶯？」
我說：「這就是那星兒在低吟。」
「那麼你難道永遠在床上諦聽？」
我說：「今夜可不是有星無風？」
你說：「但是你到底有我無夢。」
「那麼你也許只活在我的夢中。」
你說：「然則你整夜都不關窗？」
我說：「因為我整夜需要星光。」
「那麼我就會夜夜任意來往。」

一九四二，一〇，一八，深夜。

青煙

如今我不信人生沒有意義，
因為雖說青春無幾，
但難道還不夠我纏綿？

問今年有多少秋意，
比往歲似更多悽迷，
我頓悟到——
我已跨入了中年。

但當星星睡在江底，
白雲爬到天際，
我總覺得——
我還是剛到人間。

我再不敢誇說我靈魂美麗，
因為在這靜悄悄的夜裡，
我看到的不過是一縷青煙。

一九四二，一〇，一九，晨五更。

友人小像

天邊正少兩顆星，
朋友，對大海請莫凝視，
怕遠處的漁船迷途，
向著你定睛的方向駕駛。

還有，海風來時，莫笑，
因昨天老蚌遺失了掌珠，
會冤你拐逃，占據，
將拜託海風來贖取。

此外要當心春天行雲，
會把你頭髮化成細雨，

它曾使所有的花兒早開，
騙取了三分之一唐宋詩句。

於是我信：假如你唇作弓，
玲瓏的鼻子肯作飛矢，
那就有人肯袒開心胸，
露著低迷的笑容就死。

一九四二，一〇，一九，上午。重慶。

遺笑

你灑了滿室衣香，
撒了一地輕笑，
於是你匆匆外出，
留下門簾兒飄搖。

我乃遍拾遺笑，
編成美麗歌謠，
還把你半怒全嗔，
算作裡面曲調。

等到晨曦升時，
我將它掛到桃梢，

他日桃花再香，
鄰人都稱花嬌。

但往來唯有黃鶯，
學唱花頂歌謠，
引來遠近來客，
齊說鶯歌美妙。

可是此中幽情，
到底無人知曉，
唯我癡心長記，
歌中是你輕笑。

如你他日歸來，
已失當日愛嬌，
記取黃鶯聲中，
是你嗔怒輕笑。

一九四二，一〇，二三。重慶。

故鄉

天邊海角迢迢，
應念故鄉池塘。
問涓涓江水，
今夜流向何方？

我有新情低迷，
我有舊夢荒唐，
還有昨宵船頭歌，
今夜還無心低唱。

秋來細雨如酒，
今夕寒風猖狂，

多少樹上醉葉，
翩翩舞入寒江。

最怕江水染紅，
流入我故鄉池塘，
池邊青草雖綠，
飲此難免枯黃。

惟望淡月多情，
暫留白露變霜，
因三更草上情約，
難辨霜色月光。

一九四二，一〇，二三。重慶。

期待

像春天的大地
期待種子，
像寥落的舊梁
期待燕子。

有人期待夢，
有人期待詩，
有人期待郵差
在門外叫他名字。

雲霧提醒征人，
遠處多感的髮絲，

夜月提醒家園，
山外懷鄉的眸子。

星光餵養我
長夜的相思，
風雨餵養我
生命的消逝。

是誰安排了
這沉重的日子，
黃昏到五更，
抽煙想心事！

一九四二，一〇，二三。重慶。

意外的音訊

你收到這意外的音訊，
我該怎麼樣想你：
是驚？是怒？是傷心？

院中下著雨，
你也許就會忘記，
聽它溼透你衣履？

你停止奏琴，
呆坐在那兒，
猜疑這消息的偽真。

或者你將不安地來去，
但當心你廊下門檻，
我記得是兩尺有餘。

最該留神你琴上花瓶，
因為月未升時，
梅花是你的知音。

但你可曾想到：這音訊，
我負著什麼樣心境寄你：
是悔，是怨，是擔心？

一九四二，一〇，二三，夜。重慶。

歸途

是風牽落葉？
是雨打殘荷？
在這寥落的門頭，
難道有誰走過？

要不是迷路的野禽
在溪頭訪尋舊窠，
難道又是你在徬徨
深夜到我這裡借火？

過去遙遠的橋上，
從未有人過河，

今夜橋欄的缺處，
不斷隱現燈火。

那麼，望著燈火前去，
你難道還會走錯？
穿過古松修竹，
轉彎就是你的房屋。

一九四二，一〇，二五，下午。重慶。

蹉跎

多少山長水短，
多少舊恨新愁，
還有多少鄉思，
在我夢裡渡過。

門前竹葉蕭索，
窗外人影婆娑，
三更四更五更，
你在何處消磨？

我蕭蕭的胸懷
年來已經夠懶惰，

難道你眉邊春色
與嘴角笑容未消瘦？
因此耿耿的長夜，
你不怕霧濃霜厚，
靠這月下山腳古道，
任它華年白髮蹉跎。

一九四二，一〇，二五，夜。重慶。

安詳

可是四季的花兒，
都到你座前頌揚？
所以世上的南風，
再不送你花香。

多少樹下黃昏，
只有月兒消長，
難道當年的繁星，
也只在你頭上發亮？

虎聲如雷你不理，
猿聲如泣你不響，

還有人們頻頻的詢問。
你也沒有一絲反響。

多少指甲與頭髮，
在你感覺中生長。
那麼川流的時光，
難道還不夠你想像？

無限星雲的流動，
隨時都會吞沒太陽，
而你竟妄敢學上帝，
在燦爛的寶座上安詳。

一九四二，一〇，二五，夜。重慶。

自己

我在松影下散步，
忽然尋不到自己，
一直尋到林外，
我才看到了你。

你走得這樣倉皇，
難道也尋不到自己？
否則在銀色的林中，
偷走了我的東西？

你說我不是烏鴉，
不應開口無理，

不說你發瘋發癡，
要罵你偷了東西。

我說你也許偶爾碰到，
帶走了我的自己，
因為今夜月色如畫，
我會遺失了自己。

你說你來自西溪，
那面人家三千幾，
五百，三百，兩百，
家家戶戶養小雞。

今夜小雞千千萬，
月下都尋不到自己，
成群結隊東西遊，
到處在尋自己。

於是你開始發覺，
你身邊也沒有自己，
所以奔到松林來看，
是否流落著自己？

我說我在松林裡散步，
並沒有見到什麼東西，
難道我在松針上嘆息，
喚來了你的自己？

這樣我開始悟到，
也許我就是你自己，
所以我頻頻相問，
你可是我的自己？

但是你說我可笑，
說我是我，你是你，

因為大家在林中進出，
所以偶然碰在一起。

於是你走向松林，
我就奔到西溪，
西溪小雞千萬隻，
我夾在裡面尋自己。

但月光鋪滿西溪，
到處忙著小雞，
我只尋到雞影，
沒有尋到自己。

林下松針千千萬，
難道你會尋到自己？
我想等到月落西山，
你會相信我是你自己。

但那時恐怕已晚，
因為人生本來無幾，
你永遠尋不到我，
我再也尋不到你。

一九四二，一〇，二六，晨。重慶。

大笑

我聽見你去你來，
我聽見你喊你叫，
我還聽見三更夜裡，
你抱怨睡不著覺。

那時我在隔壁，
我聽了哈哈大笑，
你說我存心不良，
有意對你譏誚。

其實我失眠已久，
忍耐那長夜悄悄，

而你昨夜夢中，
偏說我不想睡覺。

假如今夜有愁，
使你感到無聊，
那麼與其一人嘆息，
何妨兩人大笑。

一九四三，一〇，二八。重慶。

天國音訊

多少高山流水，
沿途歌聲琴音，
還有市場消息，
我都不想去聽。

田園好花如錦，
難動我近來遊興，
長夜低吁高嘆，
辜負良辰美景。

你說我神經異常，
到處賣弄聰敏，

既怪柳梢太長，
又嫌月色欠明。

其實我一片糊塗，
只有一顆癡心，
遙望雲飛霞升，
等待天國音訊。

一九四二，一〇，二八。重慶。

等候

近看燈光人影，
遙望樹梢山巔，
我不言不語，
癡心在此等你。

莫非貪看風景，
流落在霧懷雲底，
還是酒綠燈紅，
你尚在市上交際。

多年來的故事，
你都說我愛情淡於妒忌；

如今在這悠悠期待中，
難道你還要舊話重提。

我願我瘋狂變為痲木，
把這個情約忘記，
奈如許雲紋水理，
竟到處幻化著你。

一九四二，一〇，二八。重慶。

留情

你知道樹上老鷓鴣，
從不咒罵夜鶯，
還有月下的溪流，
也未怪過蟋蟀低吟。

秋來風雨蕭蕭，
時使樹上的睡葉吃驚，
但今夜因有野鶴投宿，
所以也未忍敲響松針。

只有窗上的梅影，
香透了它們的被衾，

院中老樹上的烏鴉，
才會把甜睡的白鴿唱醒。
那麼在這寂寞的夜裡，
務請你舌下留情，
你即不關心我枕邊春夢，
也請可憐我雲霄癡心。

一九四二，一一，一，晨。重慶。

永久的謊話

在這囂囂的生活中，
我只聽到各種笑罵，
就是在我做夢時，
也聽不到你一句真話。

可是你一心俏皮聰敏，
裡面沒有一點癡傻，
所以你雖有千種表情，
但總沒有真笑真話。

難道如此奇偉的宇宙，
不過上帝的一句謊話，

把時間無盡的永久
凝成了生命的一剎那？

你說你整個的生涯，
是一朵不枯的鮮花，
在生老病死的裡面，
永久的謊言都是真話。

然則當生命消逝時，
你也不希望有果有瓜，
因此你莊嚴的笑容中，
永遠不透露一句真話！

一九四一，一一，一。重慶。

鐵樹

落葉在地上蕭索，
像棄嬰在牆角亂爬，
更哪堪秋雨成淚，
黃昏時哀怨地灑。

這樣你叫我怪誰，
怪多情還是怪癡傻？
或者只怪我生來糊塗，
終身對環境指鹿為馬！

但我還是整夜不睡，
期待鐵樹開花，

聽憑人說我幼稚，
也聽憑人說我老大。

多少神仙的世界，
在人世間也曾變畫，
那麼我詩中的想像，
難道也不能使鐵樹開花？

一九四二，一一，一，下午。重慶。

哀訴

夜來聽夠秋雁，
晨起又聞鷓鴣，
日月風雨山水，
竟非我的故土。

生命空虛如夢，
年來更見糊塗，
尋得甜語如酒，
難消心頭悽苦。

過去多少往事，
殘荷碎蕉老梧，

回首舊約慘淡，
何處是我歸途？
終因生性愚魯
還是癡心如故，
任把靈魂祕密，
聽憑寒蛩哀訴。

一九四二，一一，一，夜。重慶。

未歸

我有顆沉重的心，
流落在外而未歸，
可是他在岡頭祈禱，
還是在月下懺悔。

或者是到荒涼的墓頭，
對寥落的骷髏讚美，
希望骷髏口中的新歌
染綠了月亮的光輝。

此處似已沒有什麼新花，
風吹散丁香，雨打盡玫瑰，

難道荒涼的岸邊，我怕
還流落可憐的寒梅？

有這份冷香的引誘，
他就會禁不住犯罪，
在慘綠色的月光下，
他會殘忍地看她憔悴。

那麼我願骷髏的新歌，
句句都是可怕的懺悔，
告訴他血肉消逝的當兒，
霉爛盡多少舊罪。

那麼他也許會真心祈禱，
在那月光下長跪，
聽遠寺幽長的鐘聲，
流晶瑩沉重的淚水。

這樣，我願我沉重的心，
永遠流落在外面不歸，
讓我在月光下祈禱，
它會長留在岡頭懺悔。

一九四二，一一，二。渝。

追悔

你說在寂寞溪頭，
年年種植著寒梅，
就希望在如錦的春天，
有落英香徹清水。

那麼我該用故舊的聰敏，
培養著一種輕罪，
留它在衰老時的病中，
夢囈裡可好好地懺悔。

我寥落的靈魂深處，
儲藏著無數哀怨的舊淚，

願在我含羞地懺悔時，
灌溉我面容的憔悴。

可是淡淡的梅香流盡，
溪水裡永遠浮著輕罪，
願你信我最美的體驗，
這無可挽回的某一種追悔。

一九四二，一一，二，晨。重慶。

偶像

昊天有難言的寂寞，
大地有無為的惆悵，
火山裡埋著可怕的情感，
汪洋中蓄著豐富的思想。

十年來我長期的沉默，
都躺在大自然的懷裡，
看歷史上的光與愛，
在哪一瞬創造了上帝？

但是我開始愛，開始崇拜，
我塑我宗教的偶像，

靠宇宙的永恆，
用我自己的想像。

於是那神祕的氣氛，
就籠罩了我的大地，
叫我生命的每秒鐘，
讚美那大自然的壯麗。

一九四二，一一，三，上午。重慶。

恆久的懊悔

上帝交付了人們智慧，
交付了人靈魂的高貴，
難道忘了交付一份慈悲？

我曾辜負了
多情的夜鶯，
五更時為我
把心尖唱碎！

我也曾忍心，
任那癡心的蠟炬，
為我的光明
流盡了眼淚。

是這份回憶，
我久久未睡。
學夜鶯蠟炬，
悲哀地憔悴。

難道我獻給上帝光榮與讚美，
獻給上帝我生命與智慧，
還要我獻給他恆久的懊悔？

一九四二，一一，六，黃昏。重慶。

街遊

非恨晝短夜長，
不戀星星繁多，
那麼三更夜裡，
街遊到底為何？

只因夜讀無興，
尤怕燈火如豆，
年年牆上人影，
如今更見消瘦。

莫怪夜來苦眠，
都為連年烽火，

秋涼雖恨衣薄，
幸未感冒咳嗽。
只因鄉愁惱人，
使我不敢閑坐，
寧願披星戴月，
長夜流落街頭。

一九四二，一一，八，晨一時半。重慶。

睡

我因心頭痛苦，
流落市井買醉，
良辰美景蹉跎，
三更四更不歸。

昨夜露華如洒，
我又整夜未睡，
貪看柳梢月色，
笑我人影憔悴。

怪我神情恍惚，
未識天色晴暗，

白天不省人事，
夜來忘了甜睡。

幸我還有靈魂，
在我母親夢中，
她把枕頭作我，
拍它早點安睡。

一九四二，一一，八，午。重慶。

否則

誰那裡有光榮的記憶，
記憶裡有甜美的夢，
夢裡懷著我原始的癡心？

誰那裡是豐富的想像，
想像裡是燦爛的世界，
世界中藏著我真實的生命？

那麼請暫借我這記憶這想像，
使我在恍惚的夢裡，
重會我降生時帶來的魂靈。

否則我只好把糊塗作聰敏，
把街頭的調情當作癡心，
把市場上生活當作生命！

一九四二，一一，八。重慶。

誇口

你用鉛華挽回了時光的消逝，
永遠扮演十八歲美麗的故事，
於是在你臨死時你會對我說：
「我們一樣老，一樣死，
但我過的青春是否
比你多過幾千次？」

一九四二，一一，一〇。重慶。

這一角街頭

附近沒有可戀的柳色，
也沒有可愛的荷塘，
天上沒有動人的星星，
也沒有媚人的月光。

既未見燕歸，也未聞雁過，
樹上也並無投宿的鳳凰，
蟋蟀已沉默，鴟鴞已睡去，
更不用說也無夜鶯的歌唱。

三更時的路燈也早已零落，
更無論無處還有燈燭輝煌，

生平也並無難望的情約，
值得我在這樣的情境中守望。
但，只因為在這轉彎的地方，
我曾有三步路走在你的身旁，
因此我會在這悽涼冷落的世界，
終宵繞著這一角街頭徬徨。

一九四二，一一，一〇，夜。重慶。

間隔

你在松柏下安睡，
我在海天中飄蕩，
難道人間的會別，
永遠是這樣荒唐？

長記得萬萬年前，
我們同在星雲裡流浪，
我代表原始的聲音，
你代表初生的光芒。

那時我們擁抱在一起，
在星球與星球間來往，

所以如今在人世重逢，
我會感到時間的渺茫。

我在你眉宇眼鋒裡，
還尋得星雲間的光芒，
難道因萬萬年的間隔，
你已把我的聲音遺忘。

固然多年來在人世，
我吞食了聰敏的奇謊，
在嚚嚚的市場上流落，
為幾斗米天天煩忙。

但是我寥落的癡心，
長掛在雲霄歌唱，
你難道一點都不知道，
它始終在期待你的光芒。

一九四二，一一，一二，夜。重慶。

借

是誰在天上
為月亮煩忙，
天天向太陽
借一份光芒？

是誰在原野
借月亮清光，
夜夜在田間
叫牛羊奔忙？

你借我燈籠，
走得這樣倉皇，

難道黝黑的山谷
始終沒有月光？

可是有野鹿，
待產在青草上，
在臨盆的瞬間，
需要你的燈光？

一九四二，一一，一二，夜。渝。

天堂地獄間

天堂地獄間
人間編過多少故事。
如來佛揮著
迷途的手指；
基督背起了
沉重的十字。

天堂地獄間，
我低誦那
幾個小字。
窗櫺贈給我
十字架的影子；

羊毫筆象徵
如來佛的手指。

黃昏將來時，
坐在窗櫺邊，
寫一首小詩：
「天堂地獄間，
原來只隔著
那一張信紙。」

一九四二，一，一三，黃昏。渝。

送別

牡丹花旁的甜夢，
葡萄架下的憂懼，
木樨樹底的心跳，
梅香壟中的低語。

山邊青竹千萬個，
個個都刻著我的詩句，
還有地上爛熟的桑葚，
顆顆都吻過你的衣履。

這些你都記得，
那還有什麼值得憂慮？

為玫瑰叢裡的輕笑，
難道忘了槐樹蔭下的情趣？

然則種得青松聽風聲，
聲聲都是叫你歸去？
否則是蓮花香裡有薄愁，
使你不能在此地安居？

一九四二，一　，一四，夜。渝。

忘記

像蓮花忘記寒梅，
像太陽忘記雨絲，
還像遙遠的星球，
忘記地球上的日子。

我現在要這樣遺忘，
忘記我肩畔的影子，
忘記我眼前的笑容，
還忘記我舌下的名字。

你說：「你不會把我忘記，
除非你把我咒死，

因為唯有寥落的墓頭
才無處可寄你相思。」

我說：「那你墓頭的野花，
朵朵可寄我相思，
還有我相信你靈魂
在天邊總是我的天使。」

一九四二，一一，一九，下午。渝。

願

有多少五彩的花兒，
在茫茫的大地上點綴；
有多少燦爛的雲霞，
在縹緲的天空上狂飛。

誰說美麗的靈魂，
如今都塗遍了虛偽，
使甜美的愛與夢，
淪落在虛榮裡憔悴。

究竟千種寥落的光榮，
只鑄成了千種後悔，

而我們萬種的追悼，
未換得半分安慰。

願世間所有的驕傲，
一夜來都化作高貴，
讓人類中的聰敏，
再不在宇宙裡犯罪。

一九四二，一一，二一，上午。渝。

慰

今夜瀟瀟的秋雨，
把清醒的老松灌醉，
那麼何怪耿耿的長夜，
所有的花草都貪睡？

在無垠的時間中，
生物何時不凋零枯萎？
當此良宵一刻千金，
何苦吞安眠藥求睡？

所以我且花錢若水，
買得黃昏五更不歸，

等到萬籟俱寂，
要獨守月兒的光輝。
於是我願我月下的祈禱，
換取我眼角的一滴清淚，
讓人世間所有的哀怨，
借此充作了夢中安慰。

一九四二，一一，二一，上午。渝。

癡情

我始終不忘記，
在我過去童年時，
把一隻燕子射死，
使它失伴的孤禽
在我周圍狂飛哀鳴。
這悲哀將長留我心底。

那你難道會忘記，
在這悠長的日子，
占據了我的相思，
使我寂寞的心靈，
在你周圍狂飛哀鳴。
這悲哀將長留你心底。

可是我要忘你。
在這無窮的日子，
我知道你一樣老死，
而我今宵的癡情，
將恆久在人間飄零。
這癡情已不在我心底。

正如它一定已經忘記，
那隻失伴的燕子，
忘記我把它伴侶射死，
因為它當年的癡情，
已充實了我空虛的心靈，
這癡情不在它的心底。

一九四二，一一，二一，午。渝。

古怪的故事

悲哀夾著歡笑，
衰老滲著愛嬌，
在這寥落的人生中，
多少的平凡都是玄妙。

你說：「經過多少次吃驚，
任何的故事都是可笑。」
因此我該怪我自己幼稚，
平靜的睡夢常有心跳。

但是如許的煩惱波濤，
在平勻的海裡長嘯，

為天邊的繁星與明月，
夢想登燦爛的雲霄。

因此我說：「只因有多少次驚心，
更感到這次有點蹊蹺！」
是懷念那奇怪的故事，
難道你怪我不懂得睡覺？

一九四一，一一，二一。渝。

囈願

我嘗過人生的酸辣，
又嘗過人生的苦辛，
多少年的哀怨與悔，
還未換得一分鐘的歡欣。

春季芬芳的花草，
夏季已經飄零；
那麼秋季的果實，
難道冬季還未凋盡？

過去曾把無底的癡愛，
賭一夕恍惚的生命，

只因我們的夢掛在雲霄，
所以夜夜在枕邊吃驚。

問人生中間有多少歡樂，
我願意一瞬間把它享盡，
此後我有一聲疲倦的嘆息，
祈禱我就此長眠不醒。

一九四二，一一．二一，下午。渝。

住處

自從白雲狂飛，
山間已無歸路，
多少桃梢梅枝，
都無我的住處。

因此我在歌唱，
想問杜鵑鷓鴣，
他的舊巢新築，
能否借我暫住？

但是風聲蕭蕭，
只見雲化為霧，

未聞杜鵑鶗鴂，
但聽你在叫苦。

你本長年在此，
難道也無居處，
春來木葉皆綠，
為何長嘆低訴？

你說：「自從夜鶯死去，
柳梢舊巢無主，
人去樓空歌盡，
附近桃樹俱枯。」

那麼我可否冒充夜鶯，
在她舊巢裡居住？
我會借巢中血痕，
年年歌成桃花無數。

一九四二，二，二，上午。渝。

心燈

五更時的天際，
有星星三三兩兩，
你問我寥落的心頭，
閃著何種的光亮？

我有盞低迷的燈，
在我心頭升降，
但你說此中多少光輝，
現在只剩惆悵。

我說萬年來月亮消息，
夜夜都有消長，

難道你要我的燈，
永久只有一個花樣？

它曾經滅，曾經低，
但不久它會像太陽，
這因為我願把心頭的愛，
都獻充它的光亮。

那麼你難道不擔憂，
我癡情裡過多的想像，
我幾曾把墳墓裡的鬼火，
放在我心頭充光亮？

一九四二，一二，二，上午。渝。

講

我遺失過心，
遺失過記憶，
但還未遺失
我記憶裡的想像。

我忘去了愛，
又忘去了夢，
但竟未忘去
夢來的惆悵。

多少的夢魂，
夜夜有花樣，

唯我心頭的燈，
長年是光亮。

那麼趁我心正熱，
趁我嗓子正響，
讓我把這些話，
重新大聲地講。

一九四二，一二，二。渝。

寄

你說：「不」，你要一個人笑，
一個人在北極流淚，
再不管這裡的愛，
一寸相思一寸灰，
只因為你身邊的燈，
在路上失去過光輝。

我知道上帝告訴你，
用愛洗淨你罪，
用愛點綴你
靈魂的高貴，
但從未聞上帝要你
因愛而把兩個靈魂摧毀。

多少的枯枝，
春來著蓓蕾，
多少的冰雪，
春來化為水，
難道你還相信，
枯了的心靈不會重美？

我有三分心盛血，
還有三分心盛淚，
留得四分盛光明，
來日充你心燈的光輝。
那麼請你說聲：「是」，
莫讓你我的心兒枯萎。

一九四二，一二，二，下午。渝。

愛

多少宇宙裡的星雲，
變成了一顆太陽，
叫多少生的燦爛，
多少死的重新生長。

大地的心臟有愛，
蘊蓄了萬種想像，
多少煤鐵山水樹木，
點綴了無數的花樣。

耶穌曾經用愛，
把白水點化成佳釀，

人類裡平凡的死屍，
也曾被愛情鑄成神像。
所以我肉身雖在市上流落，
我仍會創造光芒萬丈，
只因為我的靈魂深處，
有愛，有夢，有信仰！

一九四一，一二，二，夜深。

歌

我夢裡的相思鳥，
昨宵的歌聲特別嘹亮，
她唱我夜裡的祈禱，
又唱我白天的想像。

她唱紅了地球，
唱多了太陽，
還唱來隱去的星星，
唱圓了殘缺的月亮。

她唱我畫中的雪驟溶，
唱我詩中的花齊香，

還唱我音樂裡的黑暗，
響徹了奇麗的光亮。

最後她把我唱醒，
叫我對大地讚揚，
說等到冬天過去，
有土的地方都有稻香。

一九四二，一二，二，深夜。渝。

鄉愁

你說我已經夠憔悴，
不要貪聽夜鳥
唱遠遊的孤魂不寐。

但是你自己長年不寐，
低訴鄉愁的夢中，
夜夜流盡相思淚。

秋雨化為柳枝的新淚，
一夜的纏綿
把柳下的殘荷打碎。

那麼請當心我心碎，
因為它在你的夢裡，
總傍著你鄉愁不睡。

然則我們大家不睡，
坐聽窗外的樹葉，
更深時在風中憔悴。

一九四二，一二，三，下午。

野感

多少燦爛的童年記憶，
只剩了那淡雲炊煙的孤村，
所以在這重山重霧的異地，
我留戀那似曾相識的黃昏。

無數的白楊招來蕭蕭哀怨，
多少的鬼火照耀著荒塚，
在這靜悄悄無月的夜半，
難道還有人在墓頭低問：

「你昨夜可是流落在外面，
回來時已是五更時分。

那時村雞已經啼了三遍，
白虹開始抓破天空。」

長記得霜橋過處有紅楓，
月光下像懸掛著萬盞燈籠，
你指出哪一盞最光明燦爛，
哪一盞就最怕晨曦帶來的清風。

一九四二，一二，三，夜。渝。

記憶中的微喟

多年前我在雲端走過，
流落了唇邊燦爛的光輝，
從此在梅花杏花凋落後，
縱相思也不期待紅杏青梅。

過去一切虔誠的祈禱與希望，
總換來肥皂泡中的懺悔，
所以再不願有詩句情話，
誇讚我生命無比的華貴。

因此我只說天邊的長虹，
不再提想像中花紅柳翠，

無奈星星還是渡過了天河，
叫我在渺茫的記憶中微喟。

今宵青木關頭的新月，
都信在綺膩的松頂甜睡，
但世上已有我在松下看到，
她也曾在北極的冰峰上流淚。

一九四二，一二，三，夜尾。渝。

懷念

我懷念白雲下青峰翠微，
那面懸掛著多少紅杏青梅，
在茶旗酒帘的小樓中，
有多少我用過的茶盅酒杯。

多少纏綿的情約已破，
多少綺麗的春夢已碎，
如今在重山重嶺的道上，
是一顆平凡的癡心在顛沛。

所以我在青松翠竹的路邊，
黃昏夕陽中向村人買醉，

醉了人人知道我會歌唱，
但無人知我有夢在歌中憔悴。

於是我支起我故舊的手杖，
在寥落的荒野中徘徊，
看夜裡到底是燈光還是鬼火，
來赴我期望中的歡會？

一九四二，一一，四，晨半時。渝。

慘淡的日子

多少年我守著爐火，
看寶劍煉成青鋒，
多少年我守著墓地，
看青苗長成青松。

是燕子帶去的春愁，
補足了我已忘的舊夢，
所以我眉梢間的哀怨，
化成今宵睡眼的矇矓。

地球裡天南地北，
一生中長癡短瘋，

多少燦爛的青春，
僅抵得五更時的殘夢。

現在真無法使我相信
我曾在這世上生存。
因為這許多慘淡的日子，
我還未會見我的靈魂。

一九四二，一二，四，晨一時。渝。

想念

為想念雲想念風，
我想念虎想念龍，
空耗哀怨與嘆息，
老去低迷的笑容。

十年青春輕輕逝，
異地幼伴老來逢，
應念溪頭閨裡月，
亦照山南墓頭松。

更更秋夜更更愁，
既念烏鴉又念鳳，

多少桑田皆滄海，
桃園一再成梅壟。

笑你糊塗笑你傻，
情愛無非一時瘋，
癡待已化時間老，
怪相思凝成新夢。

一九四二，一二，七，晨半時。重慶。

西南的風光

一層衣灰一層老，
山路風沙馬路泥，
多少年的變動蛻化，
到底哪一種最有意義。

秋來雖是風風雨雨，
但我已忘去好天氣，
在這寂寞的山國裡，
心中滿是遊子的旅意。

離奇的往事不說，
燦爛的新夢未提，

你在我身旁走著，
漫說西南風光旖旎。

人人都說西南風光好，
到底西南有何神祕？
來客爭談西南市價商情，
你獨告我西南茶花的美麗。

一九四二，一二，七，午。重慶。

吻之歌

有些吻兒甜如蜜，
有些吻兒苦如荼，
有些吻兒冷若冰，
有些吻兒熱如爐。

還有些吻兒堅如鐵，
還有些吻兒柔如水；
香豔中附帶著銳刺，
有些吻兒像玫瑰。

還有些使靈魂輕盈，
有些使肉體沉重；

有些使你一時陶醉，
有些使你終身做夢。

有些吻兒如葡萄，
有些吻兒如草莓，
還有些吻兒帶辛辣，
還有些淡而無味。

有些吻兒如狂雹，
有些吻兒如甘霖，
還有些吻兒如毒菌，
多少貪嘴的都傷了性命。

有些吻是愛，
有些吻是恨，
有些吻是愉快，
有些吻是傷心。

有些吻叫人睡，
有些吻催人醒，
有些吻使人笨，
有些吻使人聰敏。

多少的吻兒代表驕傲，
多少的吻兒代表好勝，
還有多少的吻兒
鼓勵你輕視名譽生命。

此外有生離別的擁吻，
一次吻就各奔前程；
而久別重逢的熱吻，
甜苦的回憶都是嘴唇。

世間還有賣友的吻，
猶大出賣過耶穌的生命；

而無數的街頭巷角，
多少的吻兒是商品。

舞臺銀幕上有長吻，
沒有一個吻兒曾認真；
而世上多情的兒女，
為一次輕吻常決定命運。

世上還有帶毒的甜吻，
它叫你唇兒從此憔悴；
也永遠有信仰的吻，
叫你為它死而無悔。

母親第一次同我吻別，
那個吻始終留在我的肺腑；
還有那初戀時的情吻，
甜蜜中永含著悽苦。

誰吻過純潔的少女，
嘴唇上長留著嬌美，
多少荒蕪的心靈，
為此生長了美麗的花卉。

有人給過我帶淚的吻，
有人贈過我永別的吻，
還有人贈過我感激的
嚴肅的誠實的誘惑的吻。

但我還遭遇過驚心的吻，
吻梢上帶著深沉的微喟，
冒著最大的危難，
叫我為它永常流淚。

可是我寶貴的是含羞的吻，
唇角裡深藏著低迷，

它打開我深鎖的靈魂，
提取我心中隱藏的神祕。

它洗淨我過去的罪，
把我的驕傲點化成高貴，
把我平庸的聰敏，
一瞬間點化成智慧。

於是我會有勇氣，
臨死時接受如來的長吻，
它使我肉體在吻中消散，
長伴我上升的靈魂。

一九四二，一二，一六，午。渝。

笑之歌

大家見過天真的笑，
也見過鮮豔的笑，
還見過快樂的大笑，
見過笑聲裡帶著撒嬌。

世上有數不盡的歡笑，
這些笑似乎都平常，
但有些笑也帶著哀怨，
有些笑充滿了希望。

還有些美麗的巧笑，
有意叫人家為此顛倒，

還有脂粉塗改的輕笑，
笑容中含蓄著衰老。

多少年輕人無節制的笑，
笑後的回憶都是荒唐，
年老人常有冷澀的怪笑，
裡面總藏著一個大謊。

還有些甜笑裡帶毒，
有些嬌笑裡帶劍，
有些笑代表多情，
有些笑代表纏綿。

有些笑象徵著童貞，
有些笑象徵著淫蕩，
還有些空虛的淺笑，
象徵著人世的渺茫。

世間還有莊嚴光明的笑，
還有慈愛的憐憫的笑，
還有淒豔的帶淚的笑，
隨時點綴人世的玄妙。

文明的人類學會假笑，
有勢利的冷笑驕傲的輕笑，
還有沾沾自喜的人，
整天掛著庸俗的傻笑。

戲臺上也有萬種笑，
哪一種笑都是荒唐，
騙取了臺下萬人的真笑，
留戀那臺上的風光。

市上飛散著輕薄的調笑，
笑聲裡閃著諂媚與無聊，

可憐的是抑著滿心悲傷，
深夜在寥落的街頭賣笑。

此外誰也有清醒的微笑，
遺留在疲倦的床上，
而生生死死都有淺笑，
從搖籃一直笑到天堂。

但是我還認識低迷的笑，
它不代表人間的美麗，
也不代表人生的玄妙，
只代表天使的神奇。

一九四二，一二，一六。渝。

淚之歌

我入世時就流過淚，
悼我降生前的原罪，
我相信臨死時還要流淚，
對我生存時有些懺悔。

但世上還有千萬種淚，
有些淚表示煩惱，
有些淚表示哀怨，
還有些淚表示潦倒。
像酒杯裡的星影，
像蓮葉上的露水，
長記得一顆帶笑的淚，
是這樣的光明與甜美。

罪人懺悔的夢裡，
嫠婦夜醒的枕邊，
女工倦依的機頭，
遊子流落的茅店，
有多少晶瑩的淚，
渲染了人世的傷悲，
把無數青春與夢，
洗去了應有的光輝。

孩子爭鬧的無理，
少女無端的賭氣，
新娘枕畔的旖旎，
情人暫時的別離，
這些淚種在過去，
留將來無窮的回味，
像是遠距離的星斗，
給我們淡醇的光輝。

我流淚，為一顆星的渺茫，
為一朵花一片葉的凋落，
為衣襟淚痕的斑斕，
為低迷舊情的落寞。
但這些都不值得什麼，
因為最寶貴是母親的淚，
它永遠滋潤我的心靈，
叫我不要在中途憔悴。

一九四二，一二，一六，下午。重慶。

給

嘴角是母親的嬌美，
眼梢是父親的聰敏，
是多少愛與纏綿，
創造成你這個生命。

於是父親為你奔忙，
母親為你擔心，
把自己的青春與夢，
換取你健康與歡欣。

人說你是淘氣的孩子，
我說你是嬌養成性，

現在的啼哭與歡笑，
將溶成你將來的個性。

自然等你日後長大，
你會尋求你自己的光明，
白晝光照著你有太陽，
夜裡光照著你有星星。

人世間有千萬條路，
條條路都要當心，
你雖是代表自己走路，
但記住，你還代表你父母的愛情。

一九四二，一二，一六，黃昏。渝。

飄蕩

我是天際的星星，
長期在雲懷裡流浪，
但今夜你化作了霧，
彌漫了我留在大地的光芒。

那一份寥落的癡情，
經過了多少風浪，
何怪我沉思遐想，
聽憑你淺笑低唱。

只因我心的跳躍，
像魚墮入了簍網，

所以我無興漫舞，
也忘忽了夜曲的荒唐。

當你化作雲霓遠去，
我還是天際的星光，
空剩那肉體留世界，
在顛倒的相思中飄蕩。

一九四三，一，四，下午。重慶。

誤入

像光會見了色，
像雲會見了風，
像殘星沒入蒼穹，
像晚霞溶化在天空。

我從萬丈的深淵，
飛到千仞的高峰，
是我靈魂的跋涉，
今夜誤入了人叢。

常記得江南的月色，
在柳梢上面朦朧，

有多少斑斕的光芒，
化入了楊花成春夢。

遺有清晨的露珠，
在稻葉上面閃動，
有多少乾去，有多少碎，
有多少流入稻穗中。

那麼請原諒我愚蠢，
把散淡的笑當作夢，
把虛偽的交際當作關心，
把諂諛的誇讚當作光榮。

一九四三，一，四，下午。重慶。

過河

人世的各種距離太繁多，
咫尺天涯間都是蹉跎，
牛郎與織女只隔條天河，
但從未見有傳說裡的過河。

過去的生命在糊塗裡飛逝，
現在的青春在癡待中消磨，
而我們會面匆匆，
又從未將情愛道破。

你說你閑裡遊伴如雲，
我說你忙中應酬太多，

但我假定你遊伴中有我，
你何妨假定應酬裡我也在座。

階前簾外路雖遠，
但不過是一條天河，
而我們信札如星光，
哪一次不曾飛過河？

一九四三，一，一一。渝。

來

你說你會來，
只要草不枯，
樹葉常綠，
萬花不謝。

但今天下雪，
你可是也來？
我準備火爐，
在這裡等待。

是誰在敲門？
你說叫我猜，

我猜蝴蝶過牆，
我猜玫瑰驟開。

你說草已枯盡，
葉已落，花已謝，
但大雪如楊花，
春天似已重來。

那麼我開始擔憂，
假如雪飛成五彩，
在這樣的夜裡，
你是否也來？

一九四三，一，一一，夜。重慶。

渾圓的宇宙

我愛世界的一切，
像是我自己的細胞，
我再不執戀名利，
也不執戀少女的娟好。

星雲的旋轉變幻，
關聯著一花一草，
我陶醉於一切的生長，
還惋惜那一切的衰老。

所有光是一體，
所有色都美好，

所有輕重的聲音，
未分人間的靜鬧。

人類雖將土地分開，
築成了牆堤戰壕，
還把天空的雲彩分割，
領空下安置了槍炮。

但時間還是一整片，
儘管內藏著存亡病老，
我記得我生前與死後，
渾圓的宇宙始終圓好。

一九四三，一，一五，上午。重慶。

醒來

像多年前的夢，
在昨夜偷歸，
闖進了我門，
擾亂了我安睡。

像舊日的蜜語，
從過去溜回，
尋到我枕畔，
在我耳邊喃喃。

記得南國舊夕，
曾把芭蕉打碎，

致使無情夜月，
時時爬進窗扉。

這異鄉雨滴，
今夜敲散臘梅，
讓幽香偷入，
在我房中漫飛。

醒來疑是舊情，
但頓化作枕上新淚，
願我桌上有燈，
把我殘夢喚回。

一九四三，一，一五，下午。重慶。

賣

我賣唱，賣笑，賣勞力，
還賣去我身上的衣服；
於是我在原野裡漫步，
長期靠著手杖躑躅。

我曾把我肉體換生活，
在生疏的面孔間摸索；
我還把我靈魂換愛，
在虛詐的笑容裡流落。

但我看滄海變成田園，
還未曾學會什麼，

只知道安詳的時間與鐘聲，
在計算我衰老與寂寞。

我心像蓮瓣般的憔悴，
片片在秋風裡凋落，
我已忘陽光普照著大地，
只記得我手燃的燈燭。

一九四三，一，二〇，夜。重慶。

床上漫感

萬花在大地枯萎，
雲霓在天空破碎，
僅剩夜來的星星，
暫充黑暗的點綴。

我在我自己的園中，
曾種過薔薇與玫瑰，
但如今滾滾的江畔，
所有的田地都已經荒廢。

夢在枕邊寥落，
愛在夢中浪費，

那麼何怪我醒時的心靈，
在寂寞的床上憔悴。

人說劫掠了花是秋風，
那麼劫掠我的愛是誰？
我生在命運的手裡，
何時傳給了可怕的魔鬼？

一九四三，一，二〇，夜。重慶。

致死者

我要在你死後祈禱，
祈禱你靈魂化成了燈，
在這無垠的宇宙裡發光，
在這永恆的時間上生存。

那麼亮起來，亮起來，
照徹你聰敏與愚笨，
回照你生前的心與愛，
淨化你死後的靈魂。

莫效鬼火在荒塚寥落，
莫效星影在泥潭沉淪，

在幽黑的陰間裡，
亮起來，亮起來，燈。

不要流落！不要絕滅！
莫戀念這參差的人生！
天上總有我星宿的光芒，
永遠照引著你迷途的靈魂。

一九四三，一，二二。重慶。

獨宿

初更時尋夜月，
五更時聽星落。
等犬吠，等雞啼，
三更四更待鬼哭。

多少旅人的消息
都帶給我落寞，
難道門外也無耕牛走過，
為我學幾聲行人的躑躅？

人人都從去處來，
又人人都在來處著落，

如許生生死死的道路，
何人不曾有過孤獨？

那麼我何苦在人間，
不耐煩長夜獨宿？
難道我還要遠處的街燈，
照我人影在牆頭摸索？

一九四三，二，三，陰曆小除夕夜。重慶。

殘酒

我關心書籍發霉，
關心鋼琴上塗滿了灰，
還有小花狗寄在何處，
白貓兒你又送了誰？

你說蟋蟀叫枯了荷花，
烏鴉啼盡了寒梅，
香爐中積灰被風吹盡，
紙窗已被雨點打碎。

屋頂上枯草如麻，
房間裡地板都碎，

黃昏時蝙蝠飛成霧，
到夜來鼠聲鬧如雷。

那麼我門前總還有青山，
我門後總還有綠水，
三春裡陽光如蜜，
總還有侶燕雙飛。

你說雙燕早已遠去，
青山已變成土堆，
還有綠水都已乾涸，
僅剩著桌上殘酒一杯。

多少苦酒我都已飲盡，
那麼這殘酒你又留給誰？
你說那裡寄存你的祝福，
等我歸去時有一分安慰。

一九四三，二，二三，黃昏。重慶。

輕信

江岸寥落的燈火，
天邊疏淡的星星，
在這黃昏時分，
還點點在水底爭明。

那何怪江風與山月，
夜夜都有人爭贏，
偷避都市的煩囂，
買得這一夕的清靜。

但何來多年的惆悵，
悄悄地在我心中清醒，

使我在悠閑的江畔，
多一番慘淡的沉吟。

多少春天的黃鶯，
未唱盡我的心情，
難道滾滾的江水，
肯將我哀愁流盡？

說仙子踏著春雷過去，
電閃下還有燦爛的夜景，
然則這也是我的癡情，
會把這樣的故事輕信。

一九四三，五，三。北溫泉數帆樓。

聲音

輕雷帶我迷茫，
雨聲叫我清醒，
泉聲，風聲，樹葉聲，
聲聲都等我諦聽。

遊女黃昏夜歌，
深夜萬種蟲鳴，
鄰居人語喋喋，
清晨百囀黃鶯。

但我還期待一種低呼，
那是我遠別的母親，

在這三更四更，
會頻頻催我就寢。

一九四三，五，四。北溫泉數帆樓。

懷鄉

萬家燈火一山明，
隔江小樓夜更靜，
聲聲的犬吠催鬼早睡，
鬼散後才有雞鳴。

風雨陰晴人來去，
我厭倦車馬帆影，
二十年來燈下人老，
竟還有夢未醒。

多少白鳥飛渡江，
都未化作黃鶯，

誰說清風吹過黃桷樹，
會有白楊的癡心。

等待那星星散盡，
此地再無雲影，
我獨怕瀟瀟的五更雨，
又帶來江南的舊情。

一九四三，五，二八，清晨。渝。

沉重

殘燈中山色模糊，
淡月下流水朦朧，
櫓聲裡遙念征人，
白帆上深藏清風。

藍天銀雲遠處，
山峰橫疊山峰，
多少哀怨相思，
舊夢長結新夢。

江南子規啼切，
三峽哀猿聲痛。

沙漠裡還有駱駝，
長嘒遠落太空。

宇宙永生的輕靈，
未變世界的沉重，
何時這沉重的世界，
會融化在宇宙的胸中。

一九四三，六，四。渝。

最愛的

「你最愛的是誰？
是善歌的Ｂ？
是善舞的Ａ？
是實驗室中的Ｅ？
是行政院裡的Ｇ？」

「不，我的祖父，」
我的孫女說：
「我最愛的是，
後門口的老樹；
因為在神聖抗戰的那年，
為保衛忠勇的兵士，
它周身受傷十七處。」

一九四三，六，九。渝。

十隻狗

我寥落地走上山坡，
有十隻狗對我狂叫。

第一隻狗露著牙齒，
像是人類的傻笑。

第二隻搖著沉重的尾巴，
說它只表示還沒有睡覺。

第三隻專對著我的影子，
說我的影子有點蹊蹺。

第四隻說此處來往的都是閑人，
只有你好像有心計較。

有三隻躺在遠處的角落，
震動著頭顱隨著長嘯。

還有一隻連眼睛都閉著，
說對任何的聲音總是三聲叫。

最後一對狗在路中央低呼：
「快對他造謠，快對他造謠。」

我寥落地走下山坡，
還聽見十隻狗參差地叫。

一九四三，六，九。渝。

斑痕

不怪天邊的星光燦爛，
不怪窗外的月色無邊，
夜中的世界哀愁無底，
多少的人群在床上失眠。

有限的癡想都已潰爛，
僅有可怕的噩夢萬千，
天天關心枕邊的糧食，
已忘忽了流水的華年。

桑田滄海都是夢，
哪一份舊景堪留戀？

唯江中的流水常新，
對千遍一律的生活未厭。
誰說雨後的樹葉分外翠，
風中的落花依舊纏綿，
但透明的太陽都有斑痕，
何處的黑雲不藏雨點？

一九四三，六，九，夜。渝。

哀怨的舊情

昨宵淡酒化作夢，
我到現在還未清醒，
今夜咖啡分外濃，
又提醒我哀怨的舊情。

斗室裡長年青煙，
憔悴的身軀比煙還輕，
隨青煙散入舊夢，
更飄渺的是我魂靈。

將來的日子空想無益，
過去的故事口說無憑，

人人知道我年來消瘦，
但無人知道我因何得病。

長流的江水仍舊渾濁，
春來的山色總也曾青，
縱非關念星星太少，
也應記取夜來月明。

但子規抱恨秋綠，
鷓鴣咒詛晚景，
對我夢裡的舊話，
似早已無人諦聽。

那麼莫說樹上的黃鶯，
未曾唱出我的心境，
就是簾外鸚䳇的嘀嘟，
也並未對我哀怨關心。

一九四三，六，一九，深夜。渝。

修行

我往北芒山上去，
要到迪峰去修行，
只因為夜色正濃，
我未把路途認清。

天空無星無月，
我怕雨意風情，
我因抬頭望天，
踐毀了一朵春槿。

因此我路旁流淚，
為此春槿祈禱，

願它靈魂成仙，
早我踏上青雲。
偏我身旁雲片，
說：「我就是春槿，
你肯捨棄肉體，
何須前去修行。」

一九四三，六，二一。渝。

棄曲

隨著玄奘求經，
我乃跋涉西域，
但我在中途迷路，
花中拾得棄曲。

它不唱經中天堂，
不唱我心中地獄，
不唱那西天光明，
也不唱人間黝黑。

它只唱青春不多，
何苦跋涉西域，

又說好花不待，
莫等謝去方折。

直等玄奘歸來，
我還在街頭躞蹀，
問我因何在此，
誤信荒唐棄曲。

他告我經中天堂，
告我心中地獄，
還告我西天光明，
告我人間黝黑。

於是他就此上天，
遺我在凡塵裡憂鬱，
一次兩次投胎，
今夜仍伴此棄曲。

一九四三，六，二一，夜。重慶。

諦聽

是晨睡不足？
是宿酒未醒？
是夜來貪涼？
以致今朝有病！

因早晨霧多？
因中午天晴？
還是因今夜無月，
院中雨聲悽清？

都怪年來心碎，
所以我長夜呻吟，

但窗外苦風悽雨，
你為何來此諦聽？

你說你失眠已久，
猶道是寒蛩癡鳴，
否則該是夜來清風，
輕奏雲下松影。

說：「既是你無病呻吟，
悔不該來此諦聽，
因為明朝我須早起，
要聽樹上多情的黃鶯。」

一九四三，六，二一，夜。重慶。

幻想

風吹柳絮夢同盡，
雨打殘荷心共碎，
更那堪夜夜的四更
雲層裡爬著輕雷。

如此時節的變幻，
叫人人烏髮成灰，
那麼何需烏鴉亂啼，
說我的癡情已發霉。

但千萬年到如今，
月兒依舊有光輝，

誰說長年的幻想，
不是我年齡的安慰。

因此我迷戀殘燈，
雖良宵也不想就睡，
獨怕三更後萬籟俱寂，
牆上有人影偷偷流淚。

一九四三，六，二四，黃昏。

睡之歌

自從宇宙有存在，
萬物就有了睡眠，
或謂睡眠是清醒的變化，
或謂清醒是睡眠的夢幻。

有人說睡眠是遊戲，
有人說睡眠比較接近上帝，
還有人說睡眠不過是休息，
調劑你醒時的凋疲。

但長壽短命的植物，
終生只有一次長眠，

螟蛉花只醒幾小時，
松柏一醒千百年。

有的花兒春間醒，
有的花兒夏日眠，
有的花兒露中起，
水上貪睡有睡蓮。

每月一醒是月季，
曇花醒時只　現，
怕羞草性情最古怪，
一癢總是裝睡眠。

世間還有無數的動物，
一種動物有一種睡眠，
游魚睡在島隙，
珊瑚睡在海邊。

流螢長夜狂飛，
蟋蟀通宵亂啼，
多少的昆蟲常醒，
專靠悠長的冬眠。

鴿子睡在籠裡，
燕子睡在梁間，
還有古怪的鸚鵡，
站在枝上能安眠。

麻雀早寢早起，
鴟鴞最愛晝眠，
夜鶯夜夜不睡，
知更鳥一夜醒五遍。

虎豹睡在深山，
猴子睡在樹巔，

貓兒睡著總唸經，
狗兒睡著常嘆氣。

蛙兒坐著就算睡，
蛇兒行時也像睡，
世間還有千里馬，
站在那裡也會睡。

但最複雜的睡眠，
還是寶貴的人類。
有人因快樂不睡，
有人因無聊多睡。

有人想睡不能睡，
有人可睡偏不睡，
還有人夜夜失眠，
吃了安眠藥才能睡。

嫖客時時都睡，
賭徒夜夜不睡，
慣於晚起晚眠的，
要算可憐的鴉片鬼。

中國帝皇愛早朝，
早得同現在垃圾夫一樣，
還有新聞記者夜裡忙，
睡覺時總已天亮。

世間還有苦行僧，
夜夜打坐入睡鄉，
寂寞青燈古佛，
天天五更都進香。

此外有人伏案偷睡，
有人坐在馬上瞌睡，

有人在花蔭中晝寢，
有人在爐火旁午睡。

有人在小船裡蕩漾，
清風明月中醉睡，
有人在飛機裡翱翔，
峰外雲霄上甜睡。

有人睡在野渡涼亭中，
有人睡在田壟稻草上，
有人睡在街頭巷角，
有人在星光下路宿。

穿山越野的火車車廂，
乘風破浪的輪船船艙，
死靜寂寞的破窯，
高樓廣廈的廳堂，
古怪潮溼的戰壕，

曉風殘月的湖濱，
污穢骯髒的溝道，
機器飛轉的危境，
臨空憑虛的橋頂，
險岨峭峻的懸崖，
到處都有各種的人類，
用各種的姿勢在睡眠。

有人擁著厚被，
有人裸著肉體，
有人抱著湯婆子，
有人披著綢睡衣。

有人仰著如數星，
有人伏著如量泥，
有人蜷著如刺蝟，
有人靠著如樹皮。

有人兩腿蹺成弓，
有人雙臂張著飛，
有人兩腕枕在頭底，
有人一手挽著小腿。

有人睡時開著眼，
有人睡時皺著眉，
有人呼氣若蘭，
有人鼾聲如雷。

有人睡時愛燈光，
有人睡時愛黑暗，
有人睡覺要人伴，
有人睡覺待人催。

有人睡時專愛唱，
有人睡時愛呻吟，

還有人磨著牙齒，
有人一睡就夢行。

偏偏人類有眠床，
規定了讓人來睡。
有的床鑲金嵌玉，
有的床油漆堂皇。

有的床雕龍穿花，
有的床燈彩輝煌，
有的前後是鏡子，
有的床面是彈簧。

有的床下有暖爐，
占去了半間臥房，
有的床角有食櫃，
備藏了糕餅冰糖。

有的床備孤身獨宿，
有的床備男女雙睡，
還有些眠床上下兩層，
叫愛睡的孩了不占地方。

世間還有可怕的眠床，
木板竹條狹如繩，
那裡你睡定一個姿勢，
不許你有一次翻身。

還有些床上養臭蟲，
有些床上養虱子，
但還有人出錢買睡，
不願離開眠床。

我們都睡過搖籃與孩車，
也曾睡在母親的身旁，

諦聽甜蜜的睡歌，
吮吸溫柔的乳房。

世間還有洞房花燭夜，
一次的愛規定終身的同床，
但多少癡男與怨女，
夜夜總是在旅店裡煩忙。

世間還有鮮豔的肉體，
有錢的就可以睡在她身上，
也有情人的身畔，
鬢髮間都是天堂。

唯我長期在大地流浪，
夜夜的睡眠枕著行囊，
一夜四次五次醒來，
記取鬼火，月色，星光。

我還曾在各處借宿，
睡過花花色色的眠床，
各種帳下，各種席上，
以及大小不同的暖炕。

我也曾在山寺投宿，
聽小尼姑隔壁學經，
我睡時她剛剛在學，
醒來時她已唱得爛熟。

我也曾雪夜野宿，
聽憑雪片飛在身上，
我睡時雪未鋪地，
醒時我已被雪花埋葬。

我曾在桃花下貪睡，
那時有香風使我陶醉，

但我睡時花未開好，
醒來時它已衰老。

我也曾握卷失眠，
聽院內雨打海棠，
聽牆外風吹梧桐，
還靜數一遍遍雞唱。

自然我也曾與朋友同睡，
殘燈深夜在床上談心，
半句話掛在唇邊，
一覺醒來已是天明。

此外竹篁蟬鳴的午睡，
晚霞鐘聲的晝寢，
病榻醫院的昏眠，
都曾留我堪憶的夢境。

世間無處不可睡，
世間隨時都可睡，
但莫睡多蛇的地上，
莫睡多虎的山林，
莫睡雷電的樹下，
莫睡紙薄的冰旁，
莫睡車軌路妓的身畔，
更莫睡利刃的口上。

有人一睡十六時，
有人一天睡八次，
睡時彼此都有夢，
世上無夢會相同。

人生最多九十歲，
睡覺占去三十年，
人說少睡才是多活，
我說多夢也是加壽。

但白雲睡在山巔，
青山睡在地面，
星星睡在海底，
大地睡在岸邊。

還有太陽總睡星雲中，
星球睡在自己的軌尾，
那渾圓的宇宙，
整個都是睡眠。

莫說我們睡睡醒醒。
不過是地球的夢境，
就是棺材墳墓裡，
我們也還有一個長寢。

那時肉體化為青煙，
融化成宇宙大氣，

妄信靈魂會長醒，
也無人知它意義。

一九四三，六，一四，夜過。重慶。

園中

夜色正悽涼，
天邊無色無光，
人生在此刻，
應感到渺茫。

縱使你不怕白菊
在籬下笑你荒唐，
也該擔心紅楓的
嘆息會使你驚慌。

但你視若無事，
竟在園中閑蕩，

不管世界的空漠，
你還是濃抹豔妝。

你說多少的人事，
都在江邊遺忘，
只有舊昔的兒歌，
你還會從頭細唱。

你唱只為你有愛有夢，
因此不怕夜鳥毀謗，
最怕風中落葉，
片片敲你小窗。

一九四三，六，二五。渝。

對話

你說我像樹上的秋葉，
掛在半空中嘆息，
只等一陣風來，
就會飛到泥濘裡消滅。

我說我是山峰上的白雲，
偶爾在人世間駐歇，
隨時融化在大氣裡，
你就找不到我的蹤跡。

你說我難道沒有享受過
人間的溫暖與甜蜜，

還有愛的溫馨夢的燦爛，
以及無數誘人的知識。

我說人世的知識已忘盡，
只有冷酷與痛苦的記憶，
唯一的愛在雲霄迷途，
唯一的夢在夜闌時破滅。

你說怪不得我睡夢中，
永沒有安詳的呼吸，
只有可憐的呻吟
與斷續的嗚咽。

我說這因為我靈魂
還未在生命裡圓寂，
它飛到天國的路上，
探聽愛與夢的消息。

你說天國就存在愛裡，
天國就存在夢裡，
而只有生命存在的一天，
才有愛與夢的痕跡。

我說你的話也許有理，
但生命總只是明暗的燈燭，
何時不有暴風的襲擊，
把高低的生命同樣吹滅！

一九四三，六，三十，午。重慶。

毀謗

今夜悽涼的宇宙，
已經夠渺茫，
夜深時偏又無月，
任黑暗對我毀謗。

它說我頭髮如枯草，
專等天上的秋霜；
說我眼如死魚目，
從來沒有一絲光芒。

又說我身體清瘦，
現在已掛不起衣裳，

還有我皮膚如舊紙，
再禁不起白天陽光。

我說我頭髮如樹上青煙，
原是暫時寄存在頭上，
還有我生存在地下，
從來不需要眼睛的光芒。

至於我身體如白雲，
偶爾在人世間飄蕩，
我在出世時原是裸體，
本不需要什麼衣裳。

我從不愛惜皮肉，
我只愛我透明的心臟，
我生來從未見過太陽，
所以我在此等候月光。

一九四三，七，二，夜。重慶。

笑

你濃妝豔抹，
深夜獨自倚窗，
笑我夜歸孤獨，
何以行路匆忙。

我說我越過高山，
才尋到已死的池塘，
拾得過去的笑聲，
來編個新曲歌唱。

只因天黑難走，
我怕將靈感遺忘，

因此我要趕早歸去
尋取紙筆燈光。

可是你把我舊歌，
對我人影高唱，
說這些都是老調，
何須你再寫紙上。

於是我抬頭淡笑，
笑你夜來濃妝，
說我有新歌在心，
不來同你荒唐。

一九四三，七，二，夜。重慶。

教

你已經教我消瘦，
教我蛇腰兒小成半圍，
還教我走路時學微喘，
教我把飯量減成一杯。

你如今又想教我：
早晨應如何微喟，
中午應如何打呵欠，
夜裡應如何不寐。

我說春風教楊柳皺眉，
秋雨教芙蓉憔悴，

還有夏天的露珠，
教青草兒學流淚。

所以你這些絕技，
我早已樣樣看會，
但我現在要學的是海鷗，
伴白雲在太陽旁閑飛。

一九四三，七，二，夜。重慶。

那時

我有愛未淨，
我有夢未醒，
我還有古怪的言語，
如今還未說清。

那麼莫說我有歌，
在喉底還未唱出，
就是普通的笑話，
我也尚未訴盡。

我不願在悶窒的
世界裡夭折，

因此我甘願在自由的
想像中苦命。

我相信雲端的苦雨，
何時瀟瀟地流盡，
天邊就有燦爛的星光，
在我們頭上放明。

那時我會告訴你：
哪一顆星代表我癡情，
哪一顆星代表我說話，
還有哪一顆星代表我夢境。

一九四三，七，一六。渝。

讚美

你說十八歲就想嫁人，
但竟無一個可愛的男子，
而幾年來為你瘋狂的人們，
你看來都是平凡的傻子。

於是我告訴你生命與愛，
夢幻裡才有美麗的故事，
多少燦爛的記憶，
老來變成可笑的歷史。

於是我看你臉，看你唇，
再看你手心與手指，

原來是你高貴的靈魂，
支配著你純潔的日子。

你說你過去的夢幻，
有過不少荒謬的故事，
如今再無一顆完整的心，
可以對光榮的讚美設誓。

一九四三，七，二三，夜。渝。

天機

日來空雷虛電，
並無風情雨意，
但我在山頭靜坐，
還是專等雲霓。

既無月色燦爛，
又少星光美麗，
於是你說我呆，
說我無病多感。

只因禾田已乾，
我在山頭夜祈。

我生性既非癡呆，
也非無病多感。

說人間多罪，
無雨就是天意；
而我長夜祈禱，
反是洩漏天機。

一九四一，八，一九，夜。

生命的容量

容光在鏡中老去，
白髮在梳裡生長，
我還有寥落的心，
在夢幻裡惆悵。

我用鼻子歌唱，
用耳朵聞香，
用手指探光，
用眼睛聽聲響。

我對過去無記憶，
對未來沒有想像，

那麼難怪人生的經驗，
並無在我年齡中成長。

但我沉靜的靈魂，
也有生命的容量，
在我垂老的今朝，
還有宗教的光亮。

一九四三，八，二三。渝。

挽留

你剛伴風首飛來，
就要隨風尾遠去，
像朵輕靈的雲霓，
不願在山腳下久居。

天邊有長虹如欄，
未能絆住你的華車，
但綠波外還有青山，
難道你也毫無憂懼？

雖說天外有原野萬頃，
你要到那面去馳驅，

但此處有乾枯的園地，
正期待著你的甘雨。

別人的夢幻寥落，
你說你無力顧慮，
但是你還有手植的花，
難道也讓它枯去？

一九四三，八，二五。渝。

雲山雲海

穿著雲山雲海，
到底去什麼地方？
既不管我冷我熱，
也不管我太震蕩。

是帶我進地獄？
還是帶我進天堂？
否則是永遠把我的生命，
放在太空中流浪。

你什麼話都不說，
只在我耳邊歌唱，

唱雲端有夢，
唱雲懷有光。

獨不唱雲層的
迷朦是多麼渺茫，
還有我肉體在人間，
在聽取多少毀謗。

難道雲山雲海外，
真有平靜的夢，
那裡有你的想像，
許我在夢懷裡靜躺。

一九四三，八，二八，上午。渝。

題

有些花兒早枯，
有些葉兒早落，
還有些果兒難長，
有些瓜兒易熟。

在自己的園地裡，
莫問我該種什麼，
且種你心愛的花草，
且種你心愛的樹木。

莫問什麼花兒早開，
莫問什麼葉兒早綠，

只問你是否有虔誠的心，
恆久地在園裡工作？

雖然種豆總是得豆，
種稻才能產穀，
但記住有花的地方總有蜜，
春筍長成了也是竹。

一九四三，九，二十，夜。渝。

家

江上有白帆點點，
江上有燈火可數，
還有夜夜的江上，
流水消磨著倦櫓。

冬天霜雪遍野，
春天萬花沒路，
雲霄大地間，
秋夏都是煙霧。

山間夜夜杜鵑，
黃昏到處鷓鴣，

鶺雀不分晦明，
整天對我哀訴。

它問哪裡是我的歸途，
問哪裡是我的去處，
還問蕭條的夜裡，
我在哪裡居住？

我說我只在山邊癡等，
等長江水沖淨了黃浦，
因為那面有我的家，
黑貓兒伴著火爐。

一九四三，十，七，夜。渝。

天意

人說當宇宙尚未構成，
宇宙清靜虛寂無底，
多少星雲奔騰來去，
從未問過有什麼意義。

四更時雲峰全黑，
再無人信有萬花迷離，
過去沒有文字的世界，
漫長的歷史也曾神奇。

山川花木靜生靜滅，
飛禽走獸生聚死離，

到人類疑竇叢生，
才混淆了無邊天意。

等世界的歷史數盡，
宇宙的運行還是真理，
那麼你現在長夜探索，
也無非想洩漏天機。

一九四三，一一，六，晨一時。渝。

問題

莫說人間的種種皆幻，
傳說裡的故事總美麗，
長記得秋風起後，
朝霞夜霧都神奇。

多少不解的都解，
多少不安的都安，
這時候我心有四分玄妙，
還有五分是神祕。

但還留得一分糊塗，
輕重總是懷疑：

問紛紜的人世中，
癡心的孩子到底有幾。

你說我渾沌的心靈，
從來未曾有過意義，
那麼因我在黑暗中久居，
陽光下才都是問題。

一九四三，一一，六，晨一時。渝。

迎

晨間有喜鵲報訊，
黃昏有鷓鴣傳懷，
還有三更的夜月，
夜夜在前面探待。

於是過去安睡的都醒，
過去靜臥的都起來，
別離後多少的希望，
都凝成了今夜的期待。

還有每一個山峰都學我，
五更就仰首在地上等待，

問哪一顆星兒是你的燈，
要照著你路途歸來。

其實無數的星星，
都認不出你所乘的雲彩，
只有我心裡明白，
你乘坐的是你的愛。

一九四三，一一。渝。

懷

我願是煙，是霧，
是輕靈的大氣，
或者像你熟識的歌曲，
它可以自由地存在你心底。

借風聲，借雨聲，
還借那五更時的雞啼，
它駕我靈魂的相思，
到你相思的夢裡。

地球像永遠是兩個，
難堪那咫尺的別離，

莫說有更久的分飛，
過重的相思叫我重提。

但等日子悄悄滑過，
我們生息在同個天地，
該信宇宙本是整個，
疼愛我們的還是上帝。

一九四三，一二，二九。渝。

憶語

窗櫺掛著蛛網，
蛛網閃著惆悵，
還有燭火閃著記憶，
倦眼裡有淚蕩漾。

那麼江畔儘管寥落，
總還有已散的花香，
而渺茫的天際，
始終有永恆的光亮。

在遙遠的家鄉，
曾有滿院的鴿子飛翔，

如今黃昏時的蝙蝠，
還寄來舊時的鈴響。

誰說秋風消逝後，
有萬朵白雲飛揚，
碧血寶劍的長嘯，
多少的戰場是墓場。

一九四四，二，二九。渝。

採藥篇

我在山南採藥，
你在山北放火，
你說此地病人少，
我說這裡藥物多。

於是你同我談藥，
又同我談病魔，
還誇說你行年九十六，
行醫已經半百多。

你說世上有病千萬種，
哪一種你都醫過：

有人頭疼腳腫，
有人眼紅唇破。

有人瘡毒滿身，
有人皮黃肌瘦，
還有人通宵難眠，
整夜喘氣咳嗽。

有人長夜失眠，
有人空肚發嘔，
有人嚴冬發熱，
有人盛暑發抖。

人體有機幾十年，
投在世上長消磨，
神經系速度疾如電，
血液循環如江河。

消化系長年都在用，
呼吸器終生未停過，
不要說病菌到處有，
無菌也隨時會闖禍。

還有春天裡天氣溼，
夏天裡熱如火，
中秋以後風奇緊，
重陽開始霜就厚。

溼度氣壓的遞變，
人生注定有病魔，
何況多少人事糾紛，
生氣發怒與折磨。

莫說痢疾與傷寒，
都因東西吃錯，

就是瘟疫與瘧疾，
也還因蚊蚋成禍。

孩子消化不良，
婦人行期錯訛，
多少古怪的病症，
難分內科與外科。

人類起初怕大戰，
如今細菌是妖魔，
多少病醫也無效，
多少病不醫也會瘥。

此外多少無病說有病，
多少有病難安臥，
多少可痊的病人，
致死還因藥服錯。

而多少老人吃補藥，
多少壯漢蒙炮火；
奸惡常常沒有病，
良善生病特別多。

還有最毒的是貧窮，
良藥對此莫奈何！
你今年九十八，
任何良藥未服過。

我說此地所以病人少，
還因這裡藥物多；
你說此地現無服藥人，
所以你要在這裡放火。

一九四四，三，一一，夜。渝。

閱讀

四號字像你的淚，
五號字像你的筆跡，
還有每一個驚嘆號，
都像你臨死的嘆息。

長仿宋是你的影子，
銅版本像你的眸子，
而那眉批上的紅字，
字字都像你血滴。

你曾在陰暗的地下，
專探敵人的祕密，

因此每天報上七行字，
總象徵你獲得的消息。

一九四四，三，二，夜。渝。

睡前

飛雁截斷我頭上的白雲，
上弦月遙指遠路的征人；
多少的花葉在風中凋落，
夜來頻剪流水的聲音。

霧裡的山色與夜間的鳥鳴，
江左與江右難辨遠近；
過去的記憶都在瞬間浮起，
渺茫的歷史不分古今。

多少代的春鳥與秋蟲，
天天都在林間低吟；

但廿年來都唱同樣的歌，
從未說出我半分心情。

看窗下殘燭與天外星星，
漏盡時知誰能挨到天明；
那時雖說有晨曦揭曉我們夢，
但我信還有人會不願清醒。

一九四四，三，一九。渝。

徐訏文集・新詩卷2　PG2690

燈籠集

作　　者	徐　訏
責任編輯	陳彥儒
圖文排版	陳彥妏
封面設計	王嵩賀

出版策劃	釀出版
製作發行	秀威資訊科技股份有限公司
	114 台北市內湖區瑞光路76巷65號1樓
	電話：+886-2-2796-3638　傳真：+886-2-2796-1377
	服務信箱：service@showwe.com.tw
	http://www.showwc.com.tw
郵政劃撥	19563868　戶名：秀威資訊科技股份有限公司
展售門市	國家書店【松江門市】
	104 台北市中山區松江路209號1樓
	電話：+886-2-2518-0207　傳真：+886-2-2518-0778
網路訂購	秀威網路書店：https://store.showwe.tw
	國家網路書店：https://www.govbooks.com.tw
法律顧問	毛國樑　律師
總 經 銷	聯合發行股份有限公司
	231新北市新店區寶橋路235巷6弄6號4F
	電話：+886-2-2917-8022　傳真：+886-2-2915-6275

出版日期	2021年12月　BOD一版
定　　價	420元

讀者回函卡

Printed in Taiwan

國家圖書館出版品預行編目

燈籠集/徐訏著. -- 一版. -- 臺北市：釀出版,
2021.12
面；　公分. -- (徐訏文集. 新詩卷；2)
BOD版
ISBN 978-986-445-559-1(平裝)

851.487　　110018231